新时代，我在中国

New Era, I am in China

"他视角"下的中国故事

中国新闻网 —— 编著

中国人民大学出版社
·北京·

本系列报道获中央网信办网络传播局指导、中国互联网发展基金会支持

目 录

上篇　发展看中国　　　　　　　　　　　　01

斯蒂芬·佩里看中国之治：中国正处于良治状态 … 04
郑艺：让人民过上更好生活是中国政府奋斗目标 … 06
伍德克：中国强劲的增长模式将会持续 … 09
恰普克：中国是唯一明确规划未来五年到十年的国家 … 12
胡逸山：中国经济未来发展令世界瞩目 … 15
胡润：中国将涌现更多世界级企业家 … 18
马奥尼：中国在解决全球性挑战方面做得更好 … 21
博喜文：中国走在正确的发展道路上 … 24
顾彬："一带一路"倡议令他国受益 … 27
卡洛斯·阿基诺：中国共产党真正理解人民所思所盼 … 30
马可·瑟皮克：中国取得巨大成就离不开中国共产党领导 … 33
芮博澜：中国拥有实现美好未来所需的一切 … 36
别洛希茨基：中国在国际和国内都展现了极强的领导力 … 39
施乾平：中国品牌崛起　侨商大有可为 … 41
乐桃文：中国和平发展是世界之幸 … 44
李俊：中国正成为坦桑尼亚最可靠的合作伙伴 … 47
朱兴宇：中国新发展为世界提供新机遇 … 50
季展有：中国的现代化道路既发展自身又造福世界 … 53
程素克：在未来实现更高水平的互利共赢 … 56
王琳达：中国必将迎来更多发展机遇 … 59
梁希：中国将在全球气候治理中发挥更积极的作用 … 62
蔡文显：切实感受到"一国两制"的益处 … 65

新时代，我在中国

崔庆峰：有祖国做后盾，侨胞更从容	68
黄曼丽：祖国富强，侨胞传播中华文化更自信	71
卢雅娟：中国与西方的差距正在缩小	74
孙浩良：祖国好，华侨华人跟着好	77
张云刚：中外人文交流发展日新月异	80
李强：中国科创环境利于未来发展	83

下篇　生活在中国　　　　　　　　　87

"洋媳妇"娜塔莎的优雅中式慢生活	89
"汤姆叔叔"的春节：享受团聚与美食	92
因汉字而天天开心的"汉字叔叔"	95
34年爱岗敬业：日本人长良直在江苏当"劳模"	98
阿根廷人在中国当起"洋劳模"	101
埃及女孩艾小英：让更多人感受中国文学的魅力	104
爱包饺子的巴西青年：想让祖父母也体验中国春节	107
爱拍电影的印度厨师：用美食交更多朋友	110
巴基斯坦小伙金乐天：生活在中国有家的感觉	113
白俄罗斯留学生夏澜：真实的中国不像课本上那样	116
比利时人高悦：过中国年最重要的是大家在一起	119
波兰工程师阿德里安：家庭是我留在上海的原因	122
波兰小伙寻爱记：追着心中蝴蝶来到中国	125
德国人壳里思：我是上海人	128
俄罗斯体操运动员奥克萨娜：上海是我的第二故乡	131
法国教育家艾历克斯：让更多外国孩子爱上中国文化	134
法国女婿菲利浦：让更多人了解中医文化	137
非洲小伙"文武双修"：秦腔怡情　以武会友	140

目 录

荷兰夫妇在青海找到了"真正的家"	143
加拿大留学生约瑟：拉面不仅是美食	146
捷克人米乐：我属牛，南京有家的感觉	149
金甲洙：在中国，为了我的热爱	152
克罗地亚退休夫妇在中国的"第二春"	155
乐盖曦的春节愿望：希望更多外国人发现上海的美丽	158
立志走遍中国的南非老师：用镜头传递最真实的中国	161
林永义的苏州慢生活："理工男"亦有浪漫情怀	164
屡次减肥失败的土耳其小哥：西安美食让我沉醉	167
麻将技术高超的洋女婿：我是半个中国人了	170
马来西亚厨师叶明勇：在上海过年好像在家一样	173
美国健身教练Rose：愿和人们一起健康一起进步	176
美国人布兰妮：中国人是我爱上中国的理由	179
美国人欧君廷：中国就是我的家	182
美国人万福麟：中国让我拥有了新世纪的前排车票	185
孟加拉国小伙林肯：在中国收获事业与家庭	188
尼泊尔医生阿思势：我与上海有"血缘"	191
热爱南京的老朋友罗宾：中国的未来一定很美好！	194
土耳其人阿乐：来中国是我做过的最正确的决定	197
土库曼斯坦留学生王东：在中国唯一的撒拉族自治县探寻历史	200
西班牙钢琴家：喜欢中国年味儿，上海全世界最好	203
新加坡行政总厨谢觉贤：在中国，一切皆有可能	206
新加坡人肖恩眼中的中国：日新月异	209
匈牙利人贝思文：在中国的每一天都是新的体验	212
亚美尼亚小提琴家马星星：在上海找到家的感觉	215
洋歌手登"乡村春晚"舞台传递新春祝福	218

新时代，我在中国

伊万娜眼中的南京是诗和远方	⋯ 221
以色列创业者希望更多人来中国探索未来	⋯ 224
意大利人马巍：我是律师也是面包师	⋯ 227
用 Vlog 记录中国年与中国故事的也门留学生	⋯ 230
用镜头展示大美青海的"巴铁小哥"	⋯ 233
越南琴匠：异国过年亦不缺知音	⋯ 236
在青海开餐厅的韩国人：亲眼见证中国十年来高速发展	⋯ 239
长沙"无声面包店"德国店长的新年计划	⋯ 242

上篇
发展看中国

斯蒂芬·佩里看中国之治：
中国正处于良治状态

20世纪50年代，以斯蒂芬·佩里的父亲杰克·佩里为代表的英国企业家开启"破冰之旅"，打破了西方对华贸易的坚冰。从那时起，一代又一代"破冰者"接续奋斗，为推动中英关系发展作出了重要贡献。

1972年，佩里本人首次来到中国。他表示，随着中国向产业链上游迈进，中国已成功使数亿人脱贫，各国瞩目中国的发展模式。他认为，中国拥有优秀的领导核心，当前处在一种良治状态。从十九大开始，他便致力于更好地领悟中国

新时代，我在中国

特色社会主义。

"人类命运共同体理念是正确的道路，世界各国不需要互相争斗、互相压倒对方、争夺对方的市场与资源。人类命运共同体才是世界将气候和健康作为共同关注的问题，并共同努力的正确方式。我认为中国正在这么做，正在努力分享应对气候和卫生问题最有效的方式。"

在谈到西方国家对"一带一路"倡议的看法时，佩里表示，西方开始越来越多地接受"一带一路"倡议所包含的理念，"数字丝绸之路""健康丝绸之路"等不同形式的"丝绸之路"正不断涌现并向前发展。

佩里还高度赞扬了中国共产党以人民为中心的发展思想，"认真倾听人民的需求，并且积极回应民意。"在他看来，中国共产党实干、睿智而且勤勉。中国在短短 40 年的时间里达到了一流的现代化水平，这在世界历史上前所未有。由于缺少行之有效的参考经验，中国共产党在制定发展目标时做了深思熟虑的谋划和合理布局，且在推动社会发展的过程中时刻与民众保持联系，以此来保证前行的方向不出偏差。

佩里表示，中国共产党认真倾听人民意见，积极回应民意，为人民创造福祉。在前行的道路上，中国创造了举世瞩目的经济奇迹。

在推进中国式现代化的背景下，佩里分享了自己的观察:"中国人民对现代化的进程非常满意,人们逐渐适应了这些变化,寻求更好的生活方式,使得生活更加快乐富足。"他还建议世界其他国家都向中国学习,更多地依靠人民来推动现代化,根据自己的国情来采取行动。

对于中国将如何实现共同富裕,佩里给出了自己的看法。"首先,我认为领导层拥有这样的一种核心理念,即只能做大蛋糕,同时也不能叫停先富起来的那部分人继续创造财富,否则就不是实现共同富裕的途径。要提高国内生产总值,也要提高人均 GDP,还要给人们更多福利,这是只有在当今时代的中国才被重视的一个方面。要尽可能维持中国的发展,并激励那些有助于应对未来新挑战的创新举措。"他相信,中国在下一阶段将更好地实现共同富裕。

郑艺：让人民过上更好生活是中国政府奋斗目标

上海美国商会会长郑艺（Eric Zheng）曾亲历1972年尼克松访华，是中美关系"破冰"的见证者和参与者。郑艺表示，自20世纪70年代末改革开放以来，特别是中国"入世"之后的政策确实为中国带来了许多好处。他希望中国继续推行改革开放政策，继续鼓励外国公司来华发展投资。

郑艺用几个数字来说明外商投资公司给中国带来的积极影响："就GDP增长而言，外资公司贡献了四分之一，在对外贸易方面贡献了大约一半，工业产值方面也占到大概四分之一,在税收方面占到大概五分之一,就业方面贡献约十分之一。我希望中国继续鼓励外国公司来华发展投资,为这个国家的未来发展作出贡献。"

郑艺注意到,中国共产党和中国政府把让中国人民过上更好的生活、实现"中国梦"作为奋斗目标。他表示,外国企业可以为实现这一目标作出贡献,它们可以提供优质的产品和服务,创造科研就业机会,促进税收,带来世界一流的标准管理技巧。

在谈到中美关系对两国营商环境的影响时,郑艺表示,当前,美中关系处于低谷,美国政府出台了很多针对中国的法案,但对于美国公司来说,它们继续将中国视为非常重要的战略市场,包括美国商会的许多成员都是如此。商业关系一直是美中两国关系的基石,两国之间的贸易和投资增长巨大,在加强双边关系方面发挥了重要作用。两国在经济上是非常一体化的,无论是在贸易还是在投资领域,保持强大的商业关系符合美中两国的最佳利益。

"我们一直认为,商业互动交流对两国都有好处。中国投资者在美国,对美国也是好事。这对美国经济确实有帮助,创造了就业机会,也带来了税收,而且会帮助消费者。但现在的政治环境焦点更多放在保护自己的市场上。美国正在实施保护性很强的政策,所以需要一段时间,事情才会明朗起来。中国公司必须弄清楚下一步该做什么,但我们倾向于继续与中国公司合作,发展中国市场,并且乐于看到中国公司在美国做得很好。"

从美国公司的角度来看,郑艺表示,美国公司会继续将中国视为首要战略市场。"美国商会的成员已在华经营多年,在中国进行的是长期投资,这已经不仅仅是全球供应链的一部分了。中国市场潜力很大,外国投资者们对中国市场仍感兴趣。"20世纪七八十年代,外国公司来华建立生产基地,主要是为了对中国以外的市场出口;但如今事情发生了变化,我们的大多数企业会员在中国为这个国家的发展作出贡献。

郑艺表示,希望今后能够继续与中国合作,在中国的未来发展中发挥积极作用。

伍德克：中国强劲的增长模式将会持续

来自德国的中国欧盟商会前主席伍德克(Joerg Wuttke)与中国结缘已有40年。作为中国改革开放后最早扎根于此的欧洲商人之一，21世纪初，他参与创建中国欧盟商会，并三度担任主席，为推动欧中经贸投资合作作出了贡献，也见证了中国对外开放的历程。

伍德克表示，中国加入世界贸易组织(WTO)后，中国经济逐渐对外国投资更加开放，营商环境也在不断改善。近几年，随着中国加快经济转型升级，欧洲在华企业的布局也发

新时代，我在中国

生着转变。伍德克介绍，在过去五年中，在华欧洲企业所经营的行业已经变得更加集中。仅汽车、食品加工、制药、化工和消费品制造这五个行业少数的巨头公司，就占到了欧盟对华直接投资的近 70%，而在 2008 年至 2012 年期间，这一数字为 57%。

欧盟统计局 2023 年 2 月发布的数据显示，2022 年欧盟 27 国对华贸易额为 8 563 亿欧元，较上年增长 22.8%。伍德克表示，欧盟与中国的贸易增长是积极的，这不仅凸显了中国作为欧洲贸易伙伴的重要性，也凸显了欧洲市场对中国的重要性。

在伍德克看来，中国经济依然保持规模和活力，是欧洲企业的重要市场。他表示，欧盟商业界更着眼于长期发展，而中国的一贯表现也确实十分亮眼，正向着人均 GDP 比现在提高 2.5 倍的目标前进，对于中国这样一个拥有 14 亿人口的国家而言，这是很大的进步了。

伍德克高度评价了中国"十四五"规划的布局，"中国继续沿着这个方向发展是非常重要的。制造业必须加强，服务业也必须得到更好的监管。'十四五'规划的布局是非常受欢迎的，涉及制造业以及服务业，并强调将对相关行业加强监督。"

关于在华欧洲企业看好中国哪些市场新机遇这一问题，

伍德克认为，未来中国市场在脱碳和可持续发展领域将有越来越多的机会。

"欧盟和中国仍有一些领域需要'重新接触'，特别是在有共同利益的领域，如促进可持续发展、促进国际标准化和推进世贸组织改革。"在伍德克看来，欧中合作时机尤为成熟的一个领域是应对气候变化。欧洲企业在许多脱碳相关领域处于世界领先地位，并在本国相关项目中拥有丰富的经验，这使在华欧企能够帮助中国努力争取2060年前实现"碳中和"目标。

协助中国实现"碳中和"目标，是欧洲企业在中国可能存在机会的一个关键领域。伍德克引用中国欧盟商会发布的《碳中和：欧洲企业助力中国实现2060愿景》报告表示，欧洲企业在中国碳中和方面所作的努力也相对领先：40%的企业已经建立起以中国业务为重点的脱碳团队，67%在华经营的欧洲企业已经设立了碳中和目标并开始采取行动。

伍德克表示，预计未来中国经济仍将保持强劲的增长模式，他希望中国进一步开放，推动创新，以促进中国市场发挥其巨大潜力。

恰普克：中国是唯一明确规划未来五年到十年的国家

德国柏林普鲁士协会名誉主席福尔克尔·恰普克(Volker Tschapke)注意到，过去十年来，中国在提升文明水平、脱贫以及促进农业发展方面取得了重大成就。他认为，中国持续深入实施创新驱动发展战略，取得了非凡的科技成就。在很多方面，中国已成为全球科技发展的先行者。

"四通八达的高速公路，快捷方便的高速铁路，崭新的机场，还有在海外建设的共建'一带一路'项目……中国采用了众多全球领先技术，推动科技创新更好造福人类。"恰普克认为，十年来，只有中国能为3亿至4亿中国人创造机会，提升他们的文明水平，提升社会福利水平。尽管具有挑战性，但中国仍打造了像北京、上海这样的国际化大都市。

恰普克表示，中国巩固脱贫攻坚成果，全面推进乡村振兴，最大限度保护人民生命安全和身体健康。"世界见证中国共产党始终坚持以人民为中心的发展思想。"与贫困的斗争也是不小的挑战。保证人民有足够的食物，农业也得以发展，在恰普克看来，这就是近年来中国最大的成就，尤其是和其他国家相比。

"中国总是能够将国内政策与外交政策平衡结合起来，这点非常吸引人。"他表示，中国是从未发动过战争的国家，一直为实现世界和平发展而努力。"中国不仅成功解决自身贫困问题，还为世界其他地区减贫作出巨大贡献。"恰普克特别指出，中国为很多非洲国家解决贫困问题提供了帮助。

随着需求逐步回升和政策效应叠加，中国经济社会活力将进一步释放，为世界各国带来更大机遇，中国作为世界经济重要动力之源的作用也将进一步凸显。恰普克表示，中国近些年一直致力于优化产业结构，引导企业向以科技为导向转型，在大数据应用、人工智能和航空航天等多个高科技产业领域成绩斐然，科研能力位居世界前列。"以此为基础，走在高质量发展道路上的中国经济值得期待。"

在国际社会面临一定困难的当下,恰普克相信中国将带来良好的、具有前瞻性的成果,加强同欧洲各国以及非洲国家的关系,并积极推动"一带一路"倡议。

恰普克认为,中国始终是实现梦想的地方,未来仍将如此。在人类社会面临前所未有挑战的当下,中国所取得的成就让世界相信,力量源自团结、奋斗创造奇迹,只要各国同舟共济、众志成城,世界必将走向更美好的明天。"中国是全球唯一一个对未来五年到十年有明确规划的国家,所以,我对中国的未来非常乐观。"

胡逸山：中国经济未来发展令世界瞩目

马来西亚太平洋研究中心首席顾问胡逸山对中国振兴经济的政策充满期待，并表达了对中国未来发展的乐观态度。他指出，中国实现经济快速增长，并进而带动其他国家经济复苏的前景令世界瞩目。中国在地区和全球经济复苏方面起着不可或缺的作用，中国的现代化之路值得他国借鉴。

"多国领导人陆续访华，释放的信号就是中国在全球和地区经济复苏方面都起着不可或缺的作用，因为中国在全球范围内都做出了实际行动。"胡逸山称，各国领导人都将中

新时代，我在中国

国视为全球经济复苏的关键角色，期望在经济上同中国有进一步的交流。

胡逸山高度赞赏中国推动"一带一路"建设取得的成就。他认为，在"一带一路"倡议的五大支柱理念中，最重要的是民心相通，因此促成更多教育交流，以及在彼此国土上建设更多学校极其重要。他希望"马中两国能够继续深化并扩展两国贸易和投资，并在'一带一路'倡议的框架下，推动更多变革性的项目"。

中国和马来西亚友谊源远流长，两国关系发展一直走在地区国家前列。两国理念相近，利益相融，人文相通。胡逸山表示，"中国近十多年来都是马来西亚最大的贸易伙伴，而马来西亚也是中国在东南亚地区最大的贸易伙伴。"他认为，在"一带一路"倡议框架下，马中两国关系将继续深化。

改革开放以来，中国经济不仅实现了长期、持续、快速增长，而且实现了平稳增长。"如今提起中国的时候，其实说的是一个进化的中国、现代的中国，不仅是十几亿人口形成的庞大的消费市场，还包括中国的高科技和绿色清洁能源技术。"胡逸山表示，许多国家都对中国的发展十分乐观，这些国家和中国的关系都很紧密，不仅在经济方面，还有科学技术方面，中国电子产品以及包括太阳能板在内的高科技设备都在世界范围内得到大规模应用。

胡逸山高度肯定了中国近十年来在消除贫困和保护环境等方面所取得的突出成就。"我认为过去十年，中国有一些发展成果以及发展趋势是非常重要的，最首要的就是在中国共产党的领导下，中国能够减少甚至消除绝对贫困。据我所知，中国已经完全消除了绝对贫困。此外，过去十年来，中国也一直聚焦环境保护问题。过去几年我来中国的时候，处处可见中国在这方面取得的进步。"

胡逸山认为，不少东南亚国家都需要考虑如何借鉴中国的经验来发展自身，比如借助高科技和绿色可持续技术。"对世界其他国家来说，最重要的就是中国经济政策的发展，各国都想见证中国如何重振经济，进而帮助其他各国振兴经济。"因此，中国必须在这些方面继续发展，保持地区发展的领军者地位。

胡润：中国将涌现更多世界级企业家

胡润 (Rupert Hoogewerf)，被称作研究中国民营经济的"教父级"人物。他认为，在当今瞬息万变的世界里，中国的创业精神非常令人着迷。胡润表示，从中国国内经济的角度来看，他非常希望看到政府对年轻企业家的支持，鼓励他们创建自己的企业。"我们希望中国能够持续支持年轻企业家，因为我们所处的社会瞬息万变，技术和商业发展瞬息万变，甚至生活方式也在不断变化，这需要大量新企业。"

针对在中国流行的直播带货，胡润表示，直播带货是中国近两年人人都在谈论的热门趋势。"我们已看到一些热门公司，其中一些幸运的投资者可能只是一年前刚找到他们，很可能已经获得了一百倍的回报。这真的是一个巨大的新兴行业。"不过他也指出，至于该行业有多少可持续性，目前他还没有研究，但可以肯定的是，这一行业非常值得关注。

胡润认为，中国放宽出入境政策的决定让人感到莫大的欣慰，中国是世界第二大经济体，对于大型跨国企业而言，确保其经营管理者每年能够造访中国至少两到三次，真切地了解中国经济正在发生的变化，并与中国的各级政府、商业伙伴保持沟通交流，这是极为重要的，"企业管理层需要作为个体真正走进中国市场，了解这里的需求。"

胡润特别赞成外国企业在中国进行长期投资。"我看到的数据显示，外国企业2022年上半年对中国的新投资表现出浓厚的兴趣，但如果你看看大型外资和港澳台企业的百强，这些公司在中国大陆经营的时间平均是57年，大概有15到20家公司在中国经营超过100年。因此，让我印象最深刻的是这些公司的长期投资和长远眼光。"

2013年，胡润在当时的北京《财经》年会上曾指出，全中国已经拥有全世界数量最多的资产超过10亿美元的亿万富豪。然而，中国亿万富豪从事慈善的比例有待提高。十年过去后，针对这一问题，胡润给出了新的回答。

新时代，我在中国

"我们刚刚做了一份上世纪全球范围内捐赠最多的慈善家的最新报告，有几位中国人都名列其中，比如曹德旺，他捐赠了超过 10 亿美元，还有一些房地产开发商，比如已经去世的香港著名慈善家邵逸夫。"

胡润自 1999 年开始在中国做富豪榜，两三年之后又开始做第一个慈善富豪榜。在把中国的富豪榜升级成全球富豪榜的同时，他也在做全球慈善事业的追踪，这是一个世界性的问题，也是他们一直在密切关注的事情。胡润表示，他期待着中国涌现出更多世界级企业家，为中国以及世界的经济与慈善事业作出贡献。

马奥尼:中国在解决全球性挑战方面做得更好

过去十年间,美国《中国政治学刊》副主编、华东师范大学政治与国际关系学院教授约瑟夫·格雷戈里·马奥尼(Josef Gregory Mahoney)见证了中国在反腐、推进数字化、消除极端贫困、绿色发展等方面取得的卓越成就。"中国进入了新时代,广义来说这其实就是过去十年中国最重要的大事件,因为这意味着中国的发展达到了一段新的稳定期。"

马奥尼表示,中国在巩固拓展脱贫攻坚成果的同时,加快广大农村地区绿色发展的步伐,逐步夯实乡村振兴的生态根基。中国政府连续出台措施，推动乡村产业高质量转型，激励相关农业生态技术创新，让农村居民享受到生态建设成果，真正留住农村的绿水青山。

"中国的发展是基于一众主要成就的，包括以人为本，有力的反腐行动，治理层面的改进，推进数字化和鼓励创新的政策，消除极端贫困，聚焦绿色发展，提高军事和安保能力，采取应对疾病暴发的强有力措施等等。"同时，马奥尼也指出，希望中国在政策上有一些新突破，例如一些新的、力度较大的政策来扶持中小企业。

他表示，这些成绩让中国在全球的地位逐步上升，而其他很多国家都陷入经济停滞甚至经济衰退的困境中。尽管当前世界面临重重挑战，但马奥尼仍对中国的未来充满信心。

就外交政策而言，马奥尼表示："鉴于当前冲突频发，我认为世界前方布满阴霾，气候变化加剧，各国经济陷入挣扎，个别强国企图称霸世界，热衷零和博弈思维。这些国家把利益置于人民之上，还一直特别重视狭隘的寡头主义、民族主义以及利己主义，并将这些利益置于普罗大众的利益之上。"

此前，在中方的斡旋下，沙特、伊朗两个中东国家断交七年后握手言和。马奥尼认为，两国选择在北京会晤说明两国都信任中国，都愿意展示对中国调解的积极回应，以及在中国调解下推动两国和平的能力。现在美国的全球影响力正在下降。中国是和平维护者,与仍陷冷战思维中的美国形成鲜明对比。

"中国作为世界上多数国家的主要贸易伙伴,在全球经济中发挥着巨大作用。因此,有利于中国的也将有利于世界,能造福世界的也会造福中国。"

他坚信中国在应对全球性挑战方面会做得更好,也坚信中国在诸多方面会得到提升:中小企业将得到更多政策扶持,全球安全倡议也会持续推进。马奥尼对中国在这方面的能力十分乐观,这也是他选择在中国定居的原因。

博喜文：中国走在正确的发展道路上

"每次来中国，你都会发现中国又进步了"，德国黑森州欧洲及国际事务司前司长博喜文引用一位德国中国问题专家的话形容自己对中国的印象。2010年至2019年间，博喜文16次到访中国。一直以来，他十分关注中国的发展。

博喜文对中国提出的"人类命运共同体"理念给予了高度评价："这是符合全人类共同利益的。"他分析，在这一理念中，不会出现所谓经济强国的"专属俱乐部"，世界需要和谐，而非争执和冲突。

谈及中国的发展之路时，博喜文还提到了"一带一路"倡议。共建"一带一路"为促进经济全球化和国际合作提供了绝佳平台，推动了沿线国家加入全球发展治理的进程。他表示："近年来，中国已被证明是全球经济增长最重要的驱动力，互联互通的世界从中国的稳定增长中受益匪浅。"

对于德中关系，博喜文引用了《2021年对外投资合作国别（地区）指南（德国）》的数据：德国对华投资总额近900亿美元，并表示"这一数字还在增加"。中国德国商会2022年对德国公司进行的商业环境调查报告显示，71%的德资企业计划增加在华投资。

他借用德国前外交部长韦斯特韦勒的话形容当下的德中合作：在全球层面，德中合作是共创美好未来的必要条件，中国和德国塑造着全球化。"换句话说，我们需要彼此，我们有着双赢的局面。"

同时，博喜文再一次强调了"金砖之声"的重要性，"金砖国家被认为是世界上最重要的多边框架之一。"作为金砖五国，中国、俄罗斯、巴西、印度和南非总共拥有超过30亿人口，占全球人口的42%。在对世界经济的贡献方面，金砖国家产生了全球逾1/4的经济总量，占全球贸易的20%左右。

在博喜文看来，当今时代，践行多边主义、维护正义、公平、团结,拒绝霸权、霸凌、分裂是金砖国家"迫切所需的"。

"除了经济领域,中国还大力发展科学技术和教育,这才是持久之道,才是中国得以实现人类历史发展奇迹的关键所在,"博喜文分享了自己对中国科技发展的见解。在自动驾驶、智能驾驶舱领域,中国在世界上遥遥领先。他坦言:"如果一个国家放缓与中国发展关系,那么这个国家无疑将自己同发展脱钩。"

博喜文认为中国是德国经济最重要的"稳定之锚"。近年来,中国一直是德国最重要的贸易伙伴之一。2021年,中德双边贸易额达 2 454 亿欧元,较 2020 年增长 15.1%。

"对于德国汽车工业来说,中国就像呼吸的空气一样重要。"博喜文分析,中国已经在电动汽车等领域处于世界领先地位,如果不想错过未来科技发展的趋势,德国企业必须在中国发展。

过去十年,中国发展成果颇丰,博喜文希望中国可以坚持自己的道路,他说:"既然中国正走在正确的发展道路上,就一直顺着这条道路走下去。"

顾彬:"一带一路"倡议令他国受益

"我想成为德国的李白。"李白是顾彬最喜欢的诗人,"屈原对我来说也很重要,还有杜甫,还有苏东坡。"

德国著名汉学家、德国波恩大学终身教授、中国汕头大学特聘教授顾彬,在大学时因课程要求接触了古汉语,被中国文化深深吸引,从此便沉迷于其中。20世纪六七十年代的西德,与中国无甚交集,他找不到好老师,也找不到好教材,甚至找不到一本好辞典,"我们用的都是日德、德日辞典(来学中文)"。

新时代，我在中国

如今，回顾近几百年中德思想文化交流与翻译史，顾彬坚持"有翻译的国家才有发展"。他发现自 2014 年起，中国高校愈发重视翻译工作，"中国的大学设立了超过 120 个翻译教授的职位"。

同时，作为一位在中国大学耕耘多年的教师，顾彬注意到近年来中国大学生的素质在不断提升，在知识储备和思考深度方面都有所进步。"我对中国的未来持乐观态度"，青年人是国家的未来，他视中国大学生为中国未来的希望。

对于中国近十年的发展成就，顾彬着重谈到了"一带一路"倡议，"这是一个能给所有国家带来好处的倡议"。20 世纪 60 年代，杜伊斯堡所在的鲁尔区是德国极为富裕的工业区，后一度衰落，德国到现在也没找到救鲁尔区的办法，时至今日，德国最穷的城市依旧集中在鲁尔区。

"但中国有办法救杜伊斯堡等鲁尔区城市"。在顾彬看来，中国提出的"一带一路"倡议在帮助"需要帮助"的地区。中国结合杜伊斯堡内河港口发达的优势，帮助其发展航运。他深知这项倡议是让杜伊斯堡这类城市经济重新焕发生机的"良药"，并非西方媒体口中的"债务陷阱"或"地缘政治工具"。

随着中国国力的日益增强，中国的形象在德国似乎发生了变化。顾彬回忆 20 世纪 50 年代德国少年儿童总爱收看美国《傅满洲博士》系列影片,电影里的"傅满洲博士"企图控制整个世界。"可笑的是,现在不管是德国的记者,还是德国的政治家,全都觉得中国是新的'傅满洲',要控制整个世界"。

"但中国不是新的'傅满洲'。"顾彬坦言。误解的根源在于,"德国觉得自己是弱者,中国是强者"。德国缺少和汉学家的沟通和交流,难以理解汉学家"在做什么"。

中德思想之间曾有许多重要的学习交流,不少中国人也对马克思、恩格斯、歌德、尼采、贝多芬等德国人耳熟能详;孔子、老子、庄子在德国读者心中"有固定的地位",他们帮助德语国家的读者寻找自己的道路。顾彬还提到了莫言,"莫言的作品在德国印刷了很多"。

"我在中国已经十年了,我总强调对话的重要性",顾彬认为"对话"是德国当代哲学最重要的主题,中德应该用交流消除偏见。

卡洛斯·阿基诺：中国共产党真正理解人民所思所盼

1989年，卡洛斯·阿基诺第一次到上海浦东时，中心地带几乎没有超过5层的楼房，边远地区全是农村。多年后重返浦东，他站在632米高的上海中心大厦楼顶俯瞰整个城市，恍如梦境，"事实上，中国的发展就如同中国的磁悬浮列车一般飞快。"

秘鲁圣马科斯国立大学亚洲研究中心主任、经济学教授卡洛斯·阿基诺与中国结缘于20世纪80年代末，作为研究东亚和中国经济社会问题的学者，他经常来华考察，走遍了中国十几个省市。

阿基诺对中国共产党总揽全局、协调各方的能力给予了高度评价:"我认为中国共产党很棒,因为中国共产党真正懂得人民的需求。"

他尤为赞赏中国的脱贫事业。改革开放以来,中国让7.7亿农村贫困人口脱贫,为许多发展中国家在消除贫困方面树立了典范,其促进共同富裕的努力值得每个国家借鉴。中国共产党还在普及教育、医疗保健等方面扮演了重要角色,阿基诺明白这两者对脱贫的重要性:"脱贫不只是给人们发钱那么简单,还要让他们获得教育和医疗。"

除此之外,改革开放后中国基础设施方面的巨大变革也让阿基诺刮目相看。他打趣与自己相熟的中国同行大多成了"有车一族";过去中国人孝敬父母的方式主要是买衣添物,现在带父母出游成了新时尚,"父母在,不远游"这一古老孝道也发展为"父母在,同远游"。

阿基诺表示,中国有着世界上最现代化的铁路、机场、港口、发电厂,基础设施建设水平世界领先。他认为秘鲁可以在基建领域同中国加强合作,包括秘鲁在内的许多拉美国家已加入共建"一带一路"倡议。互联互通让秘鲁等拉美国家出口中国的农产品越来越多,中国对拉美的投资不断增加,拉中合作领域持续扩展,拉美国家受益匪浅。

新时代，我在中国

同时，"稳定"是阿基诺心中描述拉中关系的关键词。拉美国家政府无论是"左"还是"右"，"中国都对其有一以贯之的稳定政策，更看重国家间、人民间的关系。"

在阿基诺看来，中国连续多年对世界经济增长贡献率超过30%，成为140多个国家和地区的主要贸易伙伴，其在建设开放型世界经济和完善全球治理体系方面的重要作用不可替代。以中国和秘鲁的科技合作为例，他坦言："我们都在共享中国科技创新带来的机遇。"秘鲁科学家将借助中国空间站迈出空间探索新步伐。

1985年，正在攻读研究生的阿基诺被中国吸引，开始研究这个大洋彼岸的东方大国。30多年来，他用自己的双脚丈量中国土地，用自己的眼睛观察中国社会变迁。在当今错综复杂的国际局势下，中国的发展前景对国际社会至关重要，阿基诺相信中国共产党可以带领中国，为世界注入更加强大的稳定性力量。

马可·瑟皮克：中国取得巨大成就离不开中国共产党领导

"真正的朋友能够从世界的另一头触及你的心灵"，这是一句拉美谚语，也是马可·瑟皮克 (Marco Cepik) 心中对于中国同拉丁美洲关系的写照。

作为一名社会学家，巴西南里奥格兰德联邦大学 (UFRGS) 经济与国际关系教授马可·瑟皮克常把一个国家在经济和社会领域取得的成就归功于其制度。

对于中国在消除贫困、社会经济发展等方面取得的硕果，瑟皮克把其归功于中国的制度，"而这一制度的核心正是中国共产党"。他认为中国在经济和社会领域取得的巨大发展成就,都离不开中国共产党的领导。

"当今世界处在艰难时刻,稳定至关重要。"瑟皮克深知动荡之中稳定更显珍贵,合作更加难得。2022年,在部分拉美国家的大选中,左翼力量上台。对于拉美政局集体"左转"后拉中关系的发展,瑟皮克认为"巴西与中国的很多合作或将重启,新政府引领下的巴西也将更多地参与金砖国家合作。"巴西、中国同为金砖国家,双方之间还有许多经验值得相互学习、相互借鉴。

关于"一带一路"倡议,瑟皮克提出了自己的构想,"我认为拉丁美洲国家有机会加入'一带一路'倡议"。他将其视为一个"战略机遇",拉中双方应该抓住这个机会,打造双边互利关系。

瑟皮克还分享了对当今拉美形势的见解,"美国确实是很多拉美国家的重要合作伙伴,但中国给拉美带来了更多投资和贸易机会。"对于拉美的许多产品来说,美国市场"非常封闭",一些农产品和服务对美国的出口渠道并不通畅。他坦言:"美国精英阶层应该重新思考他们在国际上的作用,应与拉美、中国打造更稳定的关系。"

拉美是一片充满机遇的土地,中国与非洲、中亚地区的友好合作,为其提供了与拉美地区发展关系的蓝图,中拉关系的稳定也会为双方社会的发展和进步带来更多助力。

中华民族正奋斗在复兴之路上,全体中国人民正顺着这条道路向一个更加繁荣稳定的未来前进,"中国已经制定了一个以国家繁荣和实现统一为目标的五年规划,这是一个很好的机会,向世界展示中国制度的成熟。"瑟皮克期待看到中国在中国共产党领导下继续沿着这条道路迈步向前。

芮博澜：中国拥有实现美好未来所需的一切

"我一直对中国经济充满信心，尤其是对中国经济的长远发展充满信心。"中欧国际工商学院经济学教授、副教务长芮博澜已在中国生活十多年。作为一名教授，他曾坦言自己希望拥有两种能力，一种是理解年轻人的能力，另一种是用中文交流的能力。

中国过去十年的发展历程中，令他感触最深的是数字化转型。对芮博澜而言，中国的数字化转型大体可以用两种"中国速度"概括：一是中国人适应数字环境的速度是其他国家难以比拟的。5G 通信、人工智能、大数据、云计算等等新兴技术早已融入了中国人的生活日常，数字经济成为中国创业创新、智能生产、市场竞争、外商投资等领域的"香饽饽"。

二是中国技术型公司建设、发展的速度是极为迅速的。"（技术型公司）在中国几乎如雨后春笋般涌现，"芮博澜惊叹于十年来中国众多技术型数字公司"拔地而起"。中国上市公司协会发布的《中国上市公司数字经济白皮书（2022）》显示，截至 2021 年底，在 A 股 4 864 家上市公司中，属于数字产业化，即以数字经济为核心产业的上市公司有 1 058 家，这一成果离不开政府的各种扶持政策。

好政策是发展的原动力。国家的确定性是个人、企业长远规划的后盾和基石，中国经济的持续发展离不开人民群众的信心。"有这两者，我相信中国的发展速度会和过去四十年一样。"

放眼全球，中国在发展自身的同时，也积极与国际接轨，合作共赢。芮博澜把中国的"一带一路"倡议比作"中国向世界分享成功的秘诀"，为共建国家提供了成功范例和大量的就业窗口与发展机遇。他将共建国家和中国视为一个经济共同体，"如果共建国家更好地发展，中国也将受益，反之亦然。"

新时代，我在中国

在世界经济共同体的发展方面，芮博澜以中国与东盟之间互助共赢的合作关系为样本进行分析：中国是东盟最大的贸易伙伴，也是东盟最大的投资者之一。东南亚国家的出口主要以原材料为主，而中国则是原材料的需求大国。两者这种对位双赢的经济关系，本质上也体现了中国开放包容、合作共享、勤劳致富的发展理念。

在中国生活的这十多年里，芮博澜见证了中国市场不断拓展，技术不断创新，还有无数劳动者为实现梦想不断奋斗。"中国有实现美好未来所需的一切，"他对中国充满了信心。

别洛希茨基：中国在国际和国内都展现了极强的领导力

阿列克谢·别洛希茨基是莫斯科国立大学大数据存储与分析中心执行主任。对于该如何形容当今国际上的"中国声音"，别洛希茨基给出的答案是"清楚明了"。在他看来，如今的中国真正做到了国际化，在国内外都展现了极强的领导力。他相信，中国未来发展的前路一片光明。

在当今多种复杂因素交织的国际形势下，中国的一切发展得非常顺利。当然，没有什么事是完美无缺的，所以人们才需要强有力的领导层。他相信中国在这个充满挑战的时

新时代，我在中国

期，可以作出稳定、强大、独立的选择。

作为世界第二大经济体，中国的国际影响力日益强大，对此，别洛希茨基用"清楚明了"形容国际社会上的中国声音，他坦言："我认为中国在世界上有着非常大的影响力，无论是莫斯科、欧盟还是美国，都清晰地听到了中国的声音。"

对于中国政府的领导力，别洛希茨基给予了高度评价："如今的中国传递出了自己的声音，这是非常大的发展进步，中国是一个绝好的例子，在国际和国内都展现了极强的领导力。"

施乾平：中国品牌崛起 侨商大有可为

1999年，26岁的施乾平在北京创办金恒丰科技有限公司，致力于工业打印机的研发制造与销售。经过20多年的发展，公司已成为全球工业设备打印领导者，工业UV打印机、数码纺织印花机等国产设备扬帆出海，销往全球，被世界认可。

"在国货备受追捧的今天，越来越多的中国品牌如雨后春笋般崛起，其专注品质发展，注重品牌形象和竞争力，致力于满足人们对美好生活的追求，也必将成功走向全球市场，成为行业翘楚。"施乾平说。

2023年，施乾平当选新一届全国政协委员。他说："当选新一届全国政协委员，我深感责任重大，将为中国式现代化发挥侨界作用献计出招。"

"世界各地都有华侨华人的身影，他们在不同领域耕耘，有着丰富的经验。"施乾平说，如何引导华侨华人在绿色发展、乡村振兴、生物医药等领域进行招商引资和招才引智是一个课题。华侨华人可以充分挖掘自身资源，发挥融通中外优势，讲清中华优秀传统文化的价值精髓和世界意义，展现有血有肉的真实中国，成为当地民众了解中国、认知中国的重要载体。

谈及参与"一带一路"倡议，施乾平表示，华商拥有资金技术、全球人脉、文化融通等方面的优势，一直活跃在共建"一带一路"和对外友好交往的前沿。华商可以担当民心相通的使者，在彰显华侨华人的良好形象的同时，用住在国民众乐于接受的方式推动互联互通。

谈及侨商如何助力高质量发展，施乾平认为，一是要发挥自身产业资源优势，进一步聚焦实体经济，加快产业转型升级，促进战略性新兴产业发展；二是要发挥侨商企业的全球人脉优势，主动参与中国引智引资活动，积极推动"走出去、引进来"，助力巩固供应链、产业链、人才链；三是要积极参与贸易、投资等多边合作，深度融入中国全面深化改革开放的进程中。

在推动中华文化走向世界方面，施乾平说，在全媒体时代，"宅经济+云消费"是促进文化认知的有效渠道。他建议鼓励民营经济主体发展具有国际传播价值的网络动漫、视频、游戏、音乐、直播、短视频等多元化互联网文化产品，利用广告、促销、公关、直销、包装等商业传播手段，提高中国文化的海外受众触达率。

施乾平说，希望国家出台更多惠侨政策，凝聚侨界力量，鼓励更多海外华侨华人回国投资创业，投入到祖国发展建设的队伍中，为中国宏伟蓝图添砖加瓦。

乐桃文：中国和平发展是世界之幸

"自成立至今，中国共产党以人民利益为最高利益，率领全国各族人民艰苦奋斗，不仅建立了人民当家作主的新中国，还实现了从站起来到富起来再到强起来的伟大飞跃，迎来中华民族全面复兴的光明前景。"中华海外联谊会常务理事、美国犹他州韦伯州立大学终身教授乐桃文如是说。

2008年，乐桃文作为海外侨胞代表列席中国"两会"，亲历中国开放、透明的民主进程，并参与相关界别政协委员的小组讨论。他说："我不仅见证了各党派、各人民团体、各界别政协委员们从不同视角就国计民生、民族复兴畅所欲言，自己也向全国政协提交了四份涉侨建议报告。"

此后，乐桃文每年数次回国了解民情，几乎年年都为相关领域的发展建言献策。除2008年提交的数份涉侨建议报告外，他先后向全国政协提交了20多份专题建议报告，内容涉及"提高民众抗灾自救能力""信息安全保障""推进自主创新、发展战略性新兴产业""科技扶贫""人才引进""外国人永久居留管理""发挥侨胞在构建新发展格局中的作用"等。

"我深深感佩中国式现代化新道路的文明高度。审视中国的现代化之路，它跳出了以'血和火'的方式走上现代化的发展模式，始终以文明为底色，走出了一条以文明型方式发展的现代化新道路。"乐桃文表示，百年奋斗史体现了中国共产党的智慧，也体现了全中国人民的智慧。中华民族的伟大复兴不仅是海内外中华儿女的共同期盼，也是海内外中华儿女的共同使命。中国共产党的百年奋斗史中始终有海外侨胞的力量，新征程中也一定会有海外侨胞的担当。

"世界需要理性与正义，热爱和平、珍惜友谊的中华文化正是促进世界和平发展与合作共赢的良方。"乐桃文认为，中国是爱好和平的国家，中华民族是爱好和平的民族。中国的发展与强大不仅是中国人民之幸，也是全世界爱好和平的人民之幸。

"中美两国关系稳步向前,两国人民和睦相处是海外侨胞的共同愿望与期盼。海外侨胞会一如既往地为促进两国人民的友好交往与互利合作、为加深两国人民的友谊尽心尽力。"乐桃文表示,海外侨胞与祖国同呼吸,共命运。中国共产党的奋斗史中始终有海外侨胞的力量,新征程中也一定不会例外。

李俊：中国正成为坦桑尼亚最可靠的合作伙伴

"十多年前，我去非洲时，当地的营商环境并没有那么友好，但现在，走到任何一个非洲国家，他们都会说'China'，我能明显感觉到中国国际地位的不断提高，可以说，我们亲身感受到了中国的强大。"坦桑尼亚中华总商会会长助理李俊身在非洲多年，他为中国在经济、科技、社会等方面取得的成就感到欣喜。

20世纪70年代，中国和坦桑尼亚、赞比亚共同修建了造福东非人民的坦赞铁路，这项工程艰难浩大，中国先后派出6万名建设人员来到东非，历时6年援建成功，坦赞铁路也被当地人誉为"非洲自由之路"。

随着中国国际影响力的不断提升，中国与坦桑尼亚各层互动愈发频繁，两国在全球发展倡议框架下开展了大量合作项目，坦桑尼亚积极参与践行全球发展倡议。得益于全球发展倡议，坦桑尼亚与中国携手推进工业化与产能合作，重点扩大在贸易、农产品加工、基础设施建设、旅游业、数字经济和职业培训等领域的互利合作。同时，中国给予坦桑尼亚98%税目输华产品免关税待遇，并承诺帮助坦桑尼亚扩大鳄梨、野生水产品和蜂蜜等特色商品的市场准入。

"2008年，北京奥运会火炬在坦桑尼亚传递，从那时开始，我们就致力于发展中国与坦桑尼亚之间的友好关系。"李俊是海外旅游业者，他说，双边关系对游客的出境游意愿有着较大影响。近年来，中国与坦桑尼亚经贸往来密切，两国旅游业必将迎来蓬勃发展。"近几年，我们开始试水电商业务，将坦桑尼亚的红酒、咖啡、钻石等通过直播带货的方式介绍给中国消费者。同时，我们与各地旅游局进行合作，在直播时推介旅游业务，这些都取得了很好的收益。"他说。

李俊表示，坦桑尼亚与中国密切合作，中国正成为坦桑尼亚最重要、最可靠的合作伙伴。华商迎来更多的发展机遇和空间，两国民众对彼此的认同度也在不断增强。

李俊对中非友好交流的未来充满期待,也愿为促进中坦两国友好交往尽一份绵薄之力。他说,希望身边的非洲朋友有更多的渠道和方式认识中国、了解中国,看到强大、美好、友好的中国。

朱兴宇：中国新发展为世界提供新机遇

"中国令世界瞩目的事情很多。在中国共产党的领导下，近一亿农村贫困人口实现脱贫；中国成功举办了公平、友好、壮阔的冬奥会；在科技强国的愿望中，中国'天宫课堂'开始直播，为孩子们的航天梦插上翅膀。"澳中女企业家协会执行会长、西澳大利亚珀斯女企业家朱兴宇说道。

2023年是共建"一带一路"倡议提出10周年。10几年来，中国已经与151个国家、32个国际组织签署了200

多份共建"一带一路"合作文件,广泛开展文化、教育、科技、旅游、考古等多方面的展示、交流与合作,中国与"一带一路"共建国家"民心相通"不断走深走实。

朱兴宇说,随着"一带一路"倡议的不断推进,中国与世界的联系更加紧密,中国的实力与担当得到越来越多国家和人民的认可,期待看到中国发展更高层次的开放性经济新思路、新战略和新技巧,期待看到更加强大、更加包容的中国。

"世界正值百年未有之大变局,是东西方文明最需要理解对话的关键时刻。"朱兴宇表示,作为世界第二大经济体,在向着第二个百年奋斗目标迈进的新征程上,中国的新发展必将为世界提供新机遇,促进世界共同发展。

2022年,中国与澳大利亚货物贸易总额达2 846.02亿澳元,澳大利亚对华货物贸易顺差达613.26亿澳元。由此可见,两国经贸互补性很强,应该继续互惠互利地合作。世界上很少有国家对中国有巨额贸易顺差,澳大利亚就是其中之一。

中国和澳大利亚都是多元文化社会。改善两国关系的最重要途径是通过社会、经济和文化活动将人们的共识凝聚在一起。这样做不仅会加深理解,消除误解,而且有利于在所有事情上加强合作。朱兴宇说:"作为中国经济发展的参与者、中外民心相同的使者、中华文化的传播者,我将一如既往讲好中国故事,架设沟通的桥梁,为增进中澳民间商贸文化交流,贡献自己的力量。"

季展有：中国的现代化道路既发展自身又造福世界

"中国开辟出了一条既发展自身又造福世界的现代化道路。"北欧国际交流协会会长季展有说，中国以实践证明了不同于西方的、新的现代化道路不仅能走得通，而且可以走得稳、走得好，中国式现代化为人类实现现代化提供了新的选择。

季展有十几年前从浙江青田到瑞典斯德哥尔摩定居，他热心为当地华侨华人服务，2015年当选为瑞典华人华侨服务中心主任，他还投身环境保护领域，是北欧全球环境合作研究所创始人之一。虽然常年生活在海外,但他关心祖国的发展变化,关注祖国的每一件大事。

季展有对中国过去十年的发展深有感触。他说,中共十八大以来,中国取得了很多新的历史性成就,正加快迈向更高质量、更有效率、更加公平、更可持续、更为安全的发展之路。

在中国发展和改革开放进程中,侨心、侨力、侨智一直发挥着重要作用。在季展有看来,中共二十大吹响了新的号角,这对华侨华人来说既是机遇也是动力,二十大进一步鼓舞和指引海内外中华儿女携手同心,为全面建设社会主义现代化国家、实现中华民族伟大复兴的中国梦贡献智慧和力量。

中共二十大报告提出"以中国式现代化全面推进中华民族伟大复兴"。在季展有看来,中国式现代化既切合中国实际,也符合人类社会追求现代化的一般规律,将为其他国家推进现代化进程提供重要参考。而在推进中国式现代化的进程中,华侨华人的角色不可或缺。

说到华侨华人在中国式现代化建设中有怎样的独特优势,季展有说,华商具有用好国内国际两种资源、两个市场的能力,是推动中外贸易往来的主要力量之一,可以进一步参与到中国高水平对外开放的进程中。另一方面,华侨华人情牵两乡,有热爱祖(籍)国、情系桑梓的家国情怀,也与住在国民众和谐相处,积极融入、回馈住在国,可以为中外文明对话搭建更广阔的交流渠道。

谈及"侨力量"如何助力中国式现代化,季展有认为,海外侨胞可以继续发挥集人、财、物、智、技、网于一体的资源优势,一如既往地支持中国改革开放和现代化建设;发挥华侨华人社团、华文学校、华文媒体的作用,向世界讲好中国故事,讲述好中国式现代化的含义;在海外传承好、发展好中华文化,主动适应不同的文化环境,与当地主流社会和合共生,当好中外人文交流的使者,搭建民心相通的桥梁,为增进国际社会对中国的认识理解、促进文明交流互鉴作出更大贡献。

程素克：在未来实现更高水平的互利共赢

意大利中国总商会第一常务副会长程素克2000年来到意大利，在意大利已经打拼20多年。20多年来，他不断往返中意两国，在追求自身事业发展的同时，见证了祖国与家乡的发展变迁，也亲身体验到了中意两国在经贸等领域交流合作不断加深带来的机遇。

自2004年中意建立全面战略伙伴关系后，两国双边贸易快速增长、人文交流亮点不断。尤其是近5年来，中意双边贸易额增长42%，2022年达到近800亿美元；意大利先后担任上海进博会、海南消博会主宾国，众多产品进入中国市场；两国合建大型邮轮，在非洲、中东、拉美开展第三方市场合作；意大利成为最受中国游客欢迎的赴欧旅游目的地之一，众多艺术展演在中国广受欢迎。

得益于中意双边关系的深化发展带来的机遇，在意华侨华人的工作生活也不断迈上新台阶。程素克表示，从最初来意务工，到开展商业经营活动、创办侨企、经营跨国业务、探索线上经济，华商群体凭借踏实肯干的品质和勇于创新的精神，逐渐发展成为意大利侨社享誉国际的重要名片。

"同时，随着中国成为世界第二大经济体、中国引资政策日益完善，回到中国投资创业的意大利华商很多，尤其在浙江等地形成了回乡投资潮，将在意奋斗的经验应用在家乡发展建设所需之处。"程素克说。

程素克表示，中共二十大科学谋划了未来5年乃至更长时期中国共产党和国家事业发展的目标任务和大政方针，罗马侨界人士期待中国迎来发展的新篇章。"我们期待中意两国继续携手面向未来，共同推动东西方文明互鉴、维护世界经济稳定发展，在未来实现更高水平的互利共赢。"

在世界经济格局不断深度调整的当下，中国经济迎难而上，高质量发展迈出坚实步伐，这也为广大华商提供了难得的机遇和广阔的空间。程素克说，华商作为融会贯通中国

新时代，我在中国

传统智慧和现代企业管理理念的企业家群体，应发挥自身优势，在实现企业发展的同时为中国高质量发展贡献力量。

"海外侨胞虽然身居异国他乡，但我们心中始终牵挂着祖国和人民。"程素克表示，在实现中华民族伟大复兴中国梦的新征程上，每一位旅意侨胞、每一位意大利中国总商会成员都希望能更好地参与其中，继续构架中意沟通侨梁，推动双边经贸发展，为祖国更富强、更繁荣贡献自己的绵薄之力。

王琳达：中国必将迎来更多发展机遇

1992年，王琳达参加了北京第一届香港招商会后，决定来北京投资地产，30多年来，她深耕中国市场，将怡海花园建成北京综合社区的范本。作为中国改革开放的参与者、见证者和受益者，王琳达深感荣幸和自豪。

在中国侨联常委、中国侨商联合会常务副会长、怡海集团董事局主席王琳达看来，中国新时代是人人皆可成才、人人尽展其才的时代，是踔厉奋发、勇毅前行、团结奋斗的时代。

"中国今后将迎来更多发展机遇。作为华商，我们将继续踔厉奋发，撸起袖子加油干，参与到中国更高水平的对外开放中，在促进中外交流、促进民心相通等方面发挥更大的作用。"王琳达说。

"国以安为兴，民以安为乐。"王琳达表示，新时代社会主要矛盾已经转化为人民日益增长的美好生活需要和不平衡不充分的发展之间的矛盾。完善公共服务体系，保障群众基本生活，不断满足人民日益增长的美好生活需要，让民众有更多获得感、幸福感、安全感，侨商也可以用自己的方式参与其中。

在王琳达看来，华商具有融通中外、联系广泛的优势，也可以担当"一带一路"倡议的先行者。从2013年开始，怡海集团积极响应"一带一路"倡议，带队到中东欧各国考察，积极推动与中东欧国家在教育、文化与经济等方面的合作，建立起以塞尔维亚为核心、辐射周边各国的合作模式。

王琳达表示，华商与"一带一路"共建国家的业务合作开展到哪里，教育领域的合作就可以同步到哪里；另外，华商作为"一带一路"共建国家企业与国内企业的沟通桥梁，可以推动更多合作项目落地

"华商应当充分利用自身资源优势，帮助中国企业走出去，也帮助海外企业走进来。"王琳达表示，华商也要积极

创新，探索新领域，在实现自身转型的同时提升自身竞争力，获得更大发展空间；新生代华商有良好的教育背景和成长环境，他们思维活跃、接受新事物快，应积极培养新生代华商在传承中创新和发展。

王琳达和怡海集团也致力于慈善和扶贫事业，从发起"怡海教育专项基金"到援建北川中学，再到创立"怡海树人班""怡海红烛班"，怡海集团在抗震救灾、教育扶贫、助力乡村振兴等方面硕果累累。

"己欲立而立人，己欲达而达人。"王琳达表示，身处世界各地的华商们在发展自己事业的同时，也应当拥有超越个人功利的目标和利国利民的抱负，尽己所能地回馈住在国社会和民众，向世界传递华商精神。

梁希：中国将在全球气候治理中发挥更积极的作用

英国伦敦大学学院基建可持续转型长聘教授梁希关注到，中国过去十年在生态文明建设领域取得了令人瞩目的成就，他相信中国未来有望成为应对气候变化领域的全球领导者。

近年来，中国构建新发展格局、推动高质量发展，将碳达峰碳中和纳入生态文明建设整体布局和经济社会发展全局，推动应对气候变化工作取得新进展。中共二十大报告强调，"立足我国能源资源禀赋，坚持先立后破，有计划分步骤实施碳达峰行动。""完善能源消耗总量和强度调控,重点控制化石能源消费,逐步转向碳排放总量和强度'双控'制度。"

梁希在碳市场、气候投融资、碳捕集利用与封存等领域拥有丰富的研究和从业经验。他表示,随着中国提出碳达峰、碳中和的目标,越来越多企业和地方政府积极响应这项工作,短期内虽然面对着不同的挑战,但不会动摇长期的目标。

谈及过去十年中国在绿色低碳转型发展领域取得的进展和成效,梁希说,一方面,中国的新能源车、光伏、风电、储能等一些产业已经处在世界领先地位,还有一些新的产业,比如碳捕集利用与封存发展得也非常快;另一方面,在政策环境上,中国做了大量努力,2013年起,北京、天津、上海等8省市陆续启动碳排放权交易地方试点,经过这些碳市场地方试点经验的总结,启动了电力行业的全国碳市场,为未来实现碳减排提供了一个很好的政策环境;另外,国家在积极推动人才培养工作,这些都为未来"双碳"工作稳步实施夯实了基础。

梁希说:"我们要将'碳减排'作为一个重要共识,坚决保持战略定力,要做好前瞻性布局,不能因为短期形势而不断摇摆,从而产生很多不必要的损失,要遵循'先立后破'原则，稳妥地开展这项工作。"

"具体而言，未来中国将在全球气候治理中发挥更积极的作用，特别是在碳核算、全球碳市场、自由减排市场、低碳技术标准等领域发挥越来越重要的作用，甚至成为标准的制定者。"梁希表示，同时中国也会在全球的产业发展，特别是绿色产业，比如电动车、光伏、风电、储能、数字化技术的应用等领域都可能成为全球领导者的角色。

蔡文显：切实感受到"一国两制"的益处

葡萄牙中华总商会会长蔡文显在澳门出生、长大，曾在现场见证了澳门政权交接仪式。他表示，澳门自回归祖国以来，各项事业行稳致远，社会经济飞跃发展，切实感受到"一国两制"的益处。

1999年12月20日零时，中华人民共和国国旗和澳门特别行政区区旗在澳门文化中心花园馆升起，中国政府恢复对澳门行使主权。受邀在场观礼的蔡文显说，这一幕也成为他心中永生难忘的记忆。

新时代，我在中国

"当看到葡萄牙国旗下降，五星红旗伴随着雄壮的国歌冉冉升起，我情不自禁流下了泪水，我相信澳门回归后一定会更加安定和繁荣。"蔡文显表示，正因为有了祖国的支持，澳门发展日新月异、蒸蒸日上。

在蔡文显看来，正因为特殊的历史背景，澳门形成了独特的中西文化交融印记。"中西交融、多元开放"也成为澳门的独特气质。"澳门的街道、建筑充满了异域风情，一个东方城市拥有如此多的欧洲元素非常难得。"蔡文显表示，这些散发着历史气息的建筑成为吸引世界各地游客的闪亮招牌，也带动了澳门经济的发展。尤其是2005年，完整保存了400多年中西交流历史精髓的澳门历史城区被列入《世界遗产名录》，更是带动了旅游观光的热潮。

1993年3月31日，澳门基本法由全国人民代表大会依据宪法通过并颁布。自回归以来，澳门全面准确贯彻"一国两制"方针，治理体系日益完善，居民生活持续改善，社会保持稳定和谐，多元文化交相辉映。澳门充分发挥澳门基本法赋予的自由港、单独关税区等制度优势，不断加快推进横琴粤澳深度合作区建设，推动经济社会高质量发展。

蔡文显表示，作为在澳门长大的海外侨胞，很欣慰看到回归之后的澳门走上了健康发展的道路。回归之后，得益于"一国两制"的强大生命力，澳门才有今天繁荣安定的局面，澳门人才能够安居乐业。他希望澳门的年轻一代牢记历史，要明白今天的成就不是幸运得来的，而是一代代人的努力奋斗得来的。

蔡文显希望中国进一步凝聚侨心侨力，为海外中华儿女讲好中国故事开拓新视野，让大家为早日实现国家统一和民族伟大复兴而共同奋斗。

崔庆峰：有祖国做后盾，侨胞更从容

中国在韩青年联合会会长崔庆峰表示，中共二十大的召开，让侨胞对中国的未来充满信心；有祖（籍）国做后盾，侨胞身处住在国也会更加从容、自信。

2009年，崔庆峰前往韩国，在韩国首尔交通台担任中文撰稿人、记者。在一次采访活动中，与韩国著名爱国侨领韩晟昊结识，从此开启了为侨服务、搭建交流桥梁的新领域。

崔庆峰表示，看着在韩华侨华人从一开始从事劳务工作，到创业、开公司的转变，看到中韩两国近十年间经济贸易的高速发展，感叹中国翻天覆地的变化和强大让在韩华侨华人挺直了腰板。

自2015年《中韩自由贸易协定》签署以来，两国贸易规模持续扩大，不仅拉动了双边贸易投资显著增长、促进两国就业和经济振兴，还为进一步密切两国经贸关系乃至多领域双边关系发挥了积极作用。对此，崔庆峰表示，中韩自贸协定签订后，一方面更多的中国商品可以进入韩国，让在韩侨民更加便利地购买到国内商品，另一方面也将进一步扩大华商对华合作的业务范围，给华商带来更多机遇。

崔庆峰表示，韩国华侨华人熟悉韩国的社会环境、法律制度、文化风貌和风土人情，是连接中国与韩国的天然桥梁，也是推动两国友好合作的重要力量。海外侨胞是中国发展的宝贵资源，应该发挥中华文明和住在国文明的双重文明优势，做好两国友好交流的桥梁。

"关心、关注在韩华侨华人青年的生活，维护在韩华侨华人青年的权益，团结带领广大在韩中国青年推动中韩两国在政治、经济、文化等方面交流合作是我们协会的宗旨。"崔庆峰说，中国在韩青年联合会在2022年制订了三年发展计划，将继续组建优质项目，与韩国青年团体、经济体展开战略合作，带动在韩青年侨胞共同创业，助力产业升级。

崔庆峰表示，作为侨团负责人，他希望自己能够凝聚侨心、汇聚侨力,继续为在韩侨胞做实事、办好事,继续为推动中韩文化交流、友好合作架桥。"未来,中国在韩青年联合会将以破旧规、共享化、数字化、创新化的新时代社团模式,为在韩中国同胞办实事、办好事,成为在韩中国青年之家。"

"在韩青年侨胞也将继续提高能力,锻炼本领,团结构建和谐海外侨团,推动两国青年交流交往,希望在韩青年侨胞不负韶华,砥砺前行,互学互鉴,增进两国友谊,搭建两国交往的桥梁。"崔庆峰表示。

黄曼丽：祖国富强，侨胞传播中华文化更自信

旅居法国的 30 多年间，巴黎华星艺术团团长黄曼丽一直致力于中华文化的海外传播。她表示，祖（籍）国日新月异的变化和祖（籍）国的富强，令华人文艺工作者实实在在、真真切切在海外感受到了尊敬和荣誉，在传播中华文化时更加自信。

从艺数十载，黄曼丽和团队一起积极创作了许多精品节目、参加了许多中法文化交流项目，也见证了法国社会从了解到接纳，再到喜爱中华文化的过程。谈及初衷，黄曼丽

新时代，我在中国

说："侨和桥，同音也同义，我萌生了一个想法，要搭建一座桥，一座传播中华文化、推动中法文化交流的桥，连通世界的桥。"

"最初，我们没有排练的地方，经常借别人的场地排练。而如今，耸立在塞纳河畔的巴黎中国文化中心漂亮精致，成了中法民间文化交流的象征和殿堂。"黄曼丽表示，从仅仅在华人圈子里演出，到受到当地主流社会的关注和邀请，传播中华文化的决心一直没有过动摇。"每当歌舞'中法友谊之歌'节目报出，法国观众回响一片掌声，这就是文化带来的感情交融。"

每逢新年之际，巴黎华星艺术团都会为侨胞精心准备节目，在为海外游子带去祖（籍）国家乡问候的同时，也让海外民众有机会领略中华民族的友好热情和中华文化的独特魅力。2018年，巴黎华星艺术团为"四海同春"巴黎场演出献上舞蹈《溜溜康定溜溜情》。黄曼丽回忆称，这支舞非常具有中国特色和民族风情，但担纲领舞的男女演员都是法国人。"当你看到法国演员身着中国服饰翩翩起舞，无论步态或神情，都能准确传达出该有的韵味时，你就知道，他们是真正领会了中华文化。"她说，这种跨越国度所呈现的艺术交流互鉴实在太美了。

法国"巴黎13区华人彩妆游行嘉年华"有着30多年历

史。黄曼丽称,从凯旋门到巴黎协和广场,华侨华人载歌载舞,场面十分壮观。夜幕降临时埃菲尔铁塔亮起了中国红,这抹亮丽的红色深深触动了海外游子的内心。

黄曼丽表示,哪里有华侨,哪里就有中华文化。随着中国经济和文化的影响力持续扩大,标志性的中国春节,被越来越多的法国人所欢迎,中国结、红灯笼、红剪纸……成了两国促进互相了解的纽带。

卢雅娟：中国与西方的差距正在缩小

"我在荷兰工作生活已经十几年，每次回到中国都有不同的感受。"欧洲中国留学生创业基金会执行会长卢雅娟表示，中国与西方的差距正在缩小，甚至正在赶超。

中国现代化基础设施为经济社会发展和民生福祉提升提供了重要支撑。以交通、能源、水利、电力为代表的传统基础设施，和以5G、数据中心、人工智能等为代表的新型基础设施不断发展完善。"民众生活的感受是一个国家发展的晴雨表。"卢雅娟说，从吃喝住行一系列综合体验上看，中国的发展是迅猛的。

这几年,全球经济被地缘政治变乱交织所拖累,呈现倒退之势。很多国家内部的社会问题更迭出现。而中国政府却有足量的政策空间来应对,措施相对精准,促进市场流动性。例如,采取措施保障外贸畅通,通过减免企业进出口关税、出口退税等方式,以促进外贸增长。鼓励创新和创业,为创新企业提供支持,增加科技研发投入,加强知识产权保护,以此推进经济结构调整。

此外,中国为世界经济复苏做出了很多努力,包括积极推进"一带一路"倡议,加强与沿线国家的经济合作,促进基础设施建设和贸易往来。实行逆周期调节政策,加大对内需和公共服务的投资,提高消费者信心和市场活力。

卢雅娟认为,稳中求进是中国这几年发展的总基调。中国政府善于集中力量办大事、破难事。政策有高度的普惠性和针对性。一年一年闯关夺隘,全面发力,纵深推进。

2021年2月25日,习近平总书记在全国脱贫攻坚总结表彰大会上发表重要讲话,庄严宣告,经过全党全国各族人民共同努力,在迎来中国共产党成立一百周年的重要时刻,我国脱贫攻坚战取得了全面胜利,现行标准下9 899万农村贫困人口全部脱贫,832个贫困县全部摘帽,12.8万个贫困村全部出列,区域性整体贫困得到解决,完成了消除绝对贫

新时代，我在中国

困的艰巨任务，创造了又一个彪炳史册的人间奇迹！

卢雅娟表示，从试点经济特区到脱贫攻坚战，中国在不断探索中还牢牢强化兜底机制。对国家来说，每一个中国人都很重要。这种以人民为中心的治国理政的理念对世人来说更有震撼力和感染力。

在卢雅娟看来，全球经济的复苏、对生命健康的新认识、对未来的谋划等都是全球民众当下迫切需要解决的问题。"希望中国实践、中国发展和中国方略能为这个日渐焦灼的世界带来中国智慧、注入中国力量。"

孙浩良：祖国好，华侨华人跟着好

"不同于我们这一代当年出国留学、在外扎根，现在很多'华二代''华三代'都选择到中国发展，这已成为一个普遍现象。"澳大利亚新金山中文学校校长孙浩良表示。

孙浩良曾在澳大利亚蒙纳士大学从事高级汉语教学工作。后来他看到华裔子女中文教育的紧迫性，开始利用周末时间开设中文学习班。他创办的新金山中文学校成立20多年来为推动中澳两国交流发挥了积极作用。

随着中国国际影响力日益提升，中华文化逐渐走向世

新时代，我在中国

界，海外学习中文的热情高涨。在孙浩良生活的澳大利亚，中文已经成为第二大语言。在澳大利亚深耕教育事业的这些年，孙浩良深感推广中文以及华文教育的意义之重要、前景之广阔。

在海外的这几十年，孙浩良最深的感触是文化元素在海外华文教育中的重要性。语言教育的目的是传承中华文化，因此，海外华文教育要特别重视多种形式的文化教育。有很多种形式可以让侨二代、侨三代不断中华文化的"根"。针对华裔新生代子女的兴趣爱好，设计不同的方式，引导他们了解中国和中华文化，更好地感知中国。在澳洲，孙浩良和华校的老师们进行了多种形式的华文教育，例如与美术、手工艺、舞蹈、武术等结合起来。

在如何开展海外华文教育方面，孙浩良指出要推动海外华文教育全面"触网"，华文教育的转型升级，要朝着传承和传播相结合、公益和市场相配合、线上和线下相融合的方向和目标去努力奋斗。"教学手段必须与时俱进，充分利用当代先进科技技术，让传统的华文教育插上互联网的翅膀，飞得更高，走得更远。"

孙浩良表示："我们常说祖国好，海外华侨华人跟着好；祖（籍）国与住在国的关系好，住在国的华侨华人的日子过得更好，所以我们天天都在祝愿祖国越来越强大，期盼祖

（籍）国与自己的住在国友好合作，共同富裕繁荣。"

孙浩良表示，他相信在中国共产党的领导下，中国各族人民一定能团结一心，发奋图强，早日实现祖国的和平统一。具有五千年文明传统的中国一定能成为当今世界上最伟大的社会主义现代化强国。海外中华儿女愿意为此付出我们自己的一份力量。

张云刚：中外人文交流发展日新月异

德国伯乐中文合唱团团长张云刚在埃森市伯乐高级文理中学担任汉语和英文教师。在德国的 21 年间，张云刚切身感受到中国在中外人文交流方面的成绩。

"过去十年，中国在教育领域和人文交流领域的发展日新月异。"张云刚表示，近年来，随着中华文化在海外的广泛传播和中国影响力的提高，海外华文教育蓬勃发展。在从事对外汉语教育的这些年里，张云刚发现在海外学习汉语的学生群体不再局限于华裔，当地人学习汉语的热情也愈发高涨。其中不少人学习汉语是为了从事和中国相关的贸易，或者前往中国工作生活。还有一部分人学习汉语是出于兴趣。很多国家的华文学校也在不断创新实践，探索教学方式。

张云刚任教的学校从1994年起就开设了中文课程，是北威州最早开设汉语学分课的中学。学校多次组织师生来华交流学习，并于2014年成立了中文合唱团，曾多次受邀在两国重要外交场合进行演出。合唱团以音乐为载体推动不同文化的交融与互通。德国青少年们以歌会友，系紧德中青少年间的友谊纽带，为德中民众的互相了解与交流注入新动力。

张云刚说，学校还有一个汉服社，每当合唱团有活动时，他们就会身着汉服来参加。随着穿汉服和积极传播中华文化的人越来越多，当地人对中华文化的了解就不再仅限于媒体这一单一渠道。"这些是当地人了解中国文化一个非常直观的切入点。"通过对中国传统文化的直接展现，引起更多人对中华文化的兴趣，从而进一步激发交流的意愿。

聚焦未来，张云刚表示，他对中国未来的发展保持积极乐观的态度。第一，因为中国发展的内生动力非常强；第二，因为中国的人口基数大、体量大、市场非常广阔。虽然近几年经济有一些起落，转型压力有所显见，风险挑战增多，但并不影响德国民众对中国经济长远的期望和看好。

张云刚说，海外华侨华人将充分发挥桥梁作用，通过各种艺术形式向海外展现中华文化之美，为促进人类文明交流互鉴做出努力。

李强：中国科创环境利于未来发展

"中国这十年给很多海外华人的印象就是举世瞩目。从产业角度来讲，中国现在出现了越来越多的智能机器人领域的独角兽，有很多非常前沿的专利研究成果。他们正在将研究成果转化为未来可执行的生产力。"中国留德学者计算机学会主席李强表示，这些独角兽企业是机器人科学的未来。

2010年从中国科学院沈阳自动化研究所博士毕业之后，李强来到德国。在德国的这些年，李强明显感觉到参加机器人领域顶级会议的中国本土学者越来越多，而且交流的质量也越来越高,他们表现出的自信程度也越来越高。

2016年至2020年,中国机器人产业规模快速增长,年均复合增长率约为15%。精密减速器、智能控制器等关键技术和部件加快突破,创新成果不断涌现,整机性能大幅提升、功能愈加丰富,产品质量日益优化,应用水平大幅提高。

据工业和信息化部相关数据显示,2022年我国机器人产业营业收入超过1700亿元,继续保持两位数增长。机器人市场应用加速开拓,工业机器人装机量占全球比重超过50%,服务和特种机器人在物流、医疗、建筑等领域实现规模化应用,在空间探索、应急救援、公共安全等方面发挥重要作用。随着融合感知、数字孪生、人工智能、结构仿生等新技术加速渗透,机器人呈现出人机共同、虚实融合、智能驱动、泛在交互等发展特征。

"十四五"期间,中国正建立健全创新体系,发挥机器人重点实验室等研发机构的作用,加快成果转化。支持协同创新和技术融合,鼓励骨干企业联合开展机器人协同研发,提高新产品研发效率。推进人工智能、5G、大数据、云计算等新技术融合应用,提高机器人智能化和网络化水平。

李强表示,中国有非常强大的科技人才。不光是华人科学家,很多外国的科学家也在中国开展自己的科学事业。这是非常可喜的一个成就。

在 2022 年第十三届全欧华人专业协会联合会欧洲论坛暨全欧华人专业协会联合会上，中国计算机学会与中国留德学者计算机学会，中国人工智能学会与全欧华人专业协会联合会分别签订了合作协议书，以促进签约双方的进一步合作。于江、马素、王晓蒙等 10 位博士活动期间获颁"欧洲华人十大科技领军人才"奖项。

"我对中国的发展一直持特别乐观的态度。"李强表示，中国今后将更大地支持全球化的推进力度，助推科技领域的交流融合发展，营造优质科创环境。

下篇
生活在中国

"洋媳妇"娜塔莎的优雅中式慢生活

早起逛菜市场,和小贩砍砍价;中午做一桌中餐,和家人一起享用;下午泡一壶茶,度过悠闲时光;周末赶大集,游古镇……哈萨克斯坦姑娘娜塔莎来到中国12年,已经成为地地道道的"中国通"。

娜塔莎一家与中国颇有渊源。娜塔莎的太姥爷,曾被腰伤困扰多年,是针灸将他从病痛中拯救出来。娜塔莎的妈妈,也曾被针灸治好了其他病症。于是,娜塔莎的妈妈拍板决定,将自家的三个儿女送到中国学中医。

在娜塔莎的眼中，中医是一门非常神秘的学问。中医四诊"望闻问切"中，她最感兴趣的就是切脉。"数脉、喜脉，非常有意思。中医的博大精深，不仅体现在技术层面，还有它独特的文化内涵。"中医文化，让娜塔莎一家人都很着迷。

如果学成后回国，娜塔莎很可能成为当地的"中医大拿"。现在聊起来，她略感"遗憾"。"我的弟弟妹妹如今在哈萨克斯坦开了一家中医诊所，看诊需要提前半个月预约。如果我回国，一定是诊所的老板。"

学中医之前，娜塔莎首先学习了2年中文。"中国文化博大精深，有五千年的历史，中文非常难。"现在回忆起来，娜塔莎还感慨道，"多音字和成语太难了。"

来中国前，爸爸对娜塔莎说过一句话，"你到中国，就应该学习中国最传统的东西。"娜塔莎从善如流。如今的她，已经能对俗语、典故信手拈来。谈起"吃茴香豆的孔乙己""梁山伯和祝英台""四大名著"……头头是道，如数家珍。在短视频平台上，娜塔莎被网友夸赞"这外国姑娘，比中国人还懂中国文化"。

一段奇妙的缘分，让娜塔莎留在了中国。一个是在中国留学的哈萨克斯坦姑娘，一个是在俄罗斯留学的中国小伙，一次偶然的工作交集，两人相知相遇，携手迈入婚姻殿堂，定居在江南小城宜兴。娜塔莎因此成为地地道道的宜兴"洋媳妇"。从与宜兴结缘到爱上宜兴，娜塔莎与宜兴这座江南小城的故事也越来越丰富。

她父亲曾说过，"世界的未来就在中国。" 2020 年 8 月，娜塔莎开始从事自媒体创作，并在国内外社交平台开设账号。镜头中，有她在中国的日常生活，也有哈萨克斯坦的风土人情，还有当地人对中国的印象评价。夫妻二人的风趣幽默，多元文化的交流和碰撞，吸引了上百万粉丝的关注。

娜塔莎说，自己会好好利用网络平台，推广宜兴文化、旅游、美食等，把宜兴的美传播到全世界。

最近一次回到故乡，娜塔莎为父亲买了一辆中国制造的小汽车，引得当地人纷纷围观试驾，羡慕不已。娜塔莎的表妹也已经在自学中文了，她希望将来能到中国留学。娜塔莎的表弟则希望将来能娶到一位中国姑娘。

娜塔莎一家，与中国的故事仍在继续……

"汤姆叔叔"的春节:享受团聚与美食

今年60岁的托马斯·拉姆齐(Thomas Ramsey),是三峡大学外国语学院的一名美籍教师。自2009年起,他就一直在湖北宜昌工作,2015年开始在三峡大学担任外教。他为人和善,乐于助人,师生们称他为"汤姆叔叔"。

汤姆说,他很小的时候,李小龙去美国拍电影,那时就接触到了亚洲文化,便对亚洲文化产生了兴趣。在2009年,他作为一名游客来到了中国,在朋友的鼓励下,考虑来中国教书,"当时我在这里待了20天,去了上海,还去了杭州,并且深深地爱上了这个国家。"

2010年，汤姆被宜昌的一所私立中学录用，自那时起便开始了他的教学生涯。2015年，他来到三峡大学，他说这里的人都非常友好，自己也受到了这座城市的欢迎。

2009年至今，每个春节，汤姆都在中国度过。在宜昌，每年都有师生邀请汤姆到家里做客，一起吃"团圆饭"。他表示，对中国人来说，春节是传统的、神圣的，而且是必要的、非常重要的，这就是中国文化。他认为春节很好地融合和巩固了中国文化，他也很期待春节，能品尝到很多美味的家常菜。

汤姆说："这么多年来，很多人对我就像对待家人一样，他们都是非常善良的人。我一直很喜欢中国新年的一个习俗，那就是家人和朋友聚在一起，因为一年中，家人们经常会因为工作和学习的需要而分开，但是在春节期间，人们会回家团聚在一起。和好朋友聚在一起，分享故事，分享美好时光，品尝美味的食物，是一个真正的家庭才有的氛围。"

在宜昌，汤姆得到过很多帮助，他也愿意把这份善意和温暖回馈给这座城市。工作之余，凡是能够帮助宣传推介宜昌的邀约，汤姆都不会拒绝。在寒假，他还去秭归采访了三天，和种脐橙的农民一起拍摄视频，帮助推销宜昌的脐橙，还为西陵庙会拍摄了一个视频，当时他穿了汉服，

新时代，我在中国

感觉非常好。

汤姆说，宜昌的变化发展，是中国乃至世界变化发展的一个缩影。他在这里看到了家乡的影子。"能让更多的人知晓这座美丽温暖的城市，我乐在其中。"

因汉字而天天开心的"汉字叔叔"

理查德·西尔斯（Richard Sears），中文名"斯睿德"，美国人，出生于1950年。他是一位汉字研究学者，也是备受全球汉字学习者喜爱的世界上第一个关于汉字来源的网站创办者。

理查德·西尔斯是国际上最早利用现代科技手段研究汉字字源的学者之一。他知道汉字的每个构件都有象形文字的来源，分析汉字的来源，能更好地理解中国文化。但当他读了《说文解字》后，发现其实有部分内容是缺失的，他意识到电脑化汉字的象形来源是必要的。

从20世纪90年代开始，理查德·西尔斯开始利用电脑将汉字数字化。他扫描了48 000个《六书通》的篆体字、24 000个《金文编》的金文字体、31 000个《甲骨文编》的甲骨文。其创办的世界上第一个关于汉字来源的网站收录了近10万个古代中文字形，用户遍布全球170多个国家与地区。他将汉字的"象形"变化制作成生动、有趣的动画故事，以寓教于乐的方式讲述汉字的前世今生，用科技手段让古老的汉字"活"起来。汉字学习者只要输入汉字，就可以非常方便地查看相应的字形。因此，他被人们亲切地称为"汉字叔叔"。

在中国的生活和工作，让理查德·西尔斯能够更深入地了解中国的语言和文化。

理查德·西尔斯说，他非常热爱中文，也喜欢讲述汉字的故事。在中国南京，理查德·西尔斯交了很多朋友，他们经常一起散步、聊天，共同分享彼此的文化和生活。周末时，他还会去郊区的农村，感受中国农村日新月异的变化，体验中国传统农村生活的美好。理查德·西尔斯说，如果人一直在家里待着，有的时候也会有点烦恼。

理查德·西尔斯最常说的一句话是："活到老，学到老，我的爱好是寻找汉字的象形来源。"他告诉记者，每天学习汉字，可以让他的生活增添一份色彩，他的心情也会变得更加愉悦。理查德·西尔斯还为记者介绍了自己觉得特别好听的一首古诗，那就是："少小离家老大回，乡音无改鬓毛衰。儿童相见不相识，笑问客从何处来。"

作为一名外国人，理查德·西尔斯深感自己见证了中国这些年的迅猛变化。他说，中国是一个进步的国家，每一天都在发生变化，而这些变化会激励他继续研究中国文化，与更多人分享中国语言文字的故事，让越来越多的人认识中国。"现在中国进步了，全世界都有中国人，汉语跟汉字会越来越重要。如果你找到自己的爱好，追逐自己的梦想，你的生活会更快乐！"

因心中有梦想，理查德·西尔斯的生活才会如此色彩斑斓。他希望通过自己的努力，让更多的中国人和外国人能一起学习汉字，了解中国的历史和文化，热爱中华文化。

34年爱岗敬业：日本人长良直在江苏当"劳模"

来自日本的长良直如今已是NGK(苏州)环保陶瓷有限公司总经理。1988年，长良直第一次来到江苏苏州，便与这座城市结下了不解之缘。第一次来到这座历史文化名城，长良直的印象是这是个"没有动车、高铁，从上海乘车大约4个小时才能到达"的地方。多年过去，他也亲眼见证了这座城市的巨大变化与迅猛发展。

长良直表示，古老的历史、优越的地理位置，让苏州注定是一片富裕的土地，而生长在这片土地上的人们，性格非常柔和温润，生活十分惬意。对于苏州的城市发展和变化，他给予了赞叹。

如今的苏州，用长良直的话来说，已然是一座"文化历史悠久"和"产业发达"的城市。"最近来苏州是2017年4月，我突然觉得苏州变化很大，高速、高铁、高层楼（有很多）。"

作为一名在中国发展的日本人，长良直一直以来都把实现中日两国双赢作为所有工作开展的目标。长良直的公司成立已满20年，生产净化汽车尾气的陶瓷零件。谈及公司业务，长良直介绍道，"随着中国汽车产业的发展，我们公司（的业务）非常稳定地发展起来了。约90%的产品是在中国销售，在中国国内市场的占有率已达到50%到55%，是市场占有率比较高的企业。"

"安全、质量、幸福感、速度，是我们公司的关键词，而且也是我们管理者需要遵守的关键词。"长良直笑着介绍他的经营理念。在苏州工作多年，长良直在制造业领域积累了丰富的经验。乘着中国经济发展的巨浪，长良直的公司在20年里已经成长为拥有2家工厂、2 000多名员工的大型企业。2022年，长良直获得了"江苏省五一劳动荣誉奖章"。谈及这份荣誉，他谦虚地表示，"我觉得它应该属于我们公司，属于每一个爱岗敬业的员工。"

新时代，我在中国

闲暇时间，长良直经常外出游玩，感受着苏州的山水和文化底蕴。对苏州的名胜古迹，长良直有着特殊的喜欢。提到距离公司不远的寒山寺，长良直便会不由地道出"月落乌啼霜满天，江枫渔火对愁眠"这句脍炙人口的诗句。对苏州的美食，长良直也是如数家珍，"'秋风起、蟹脚痒'，每年我都会挑战吃100只阳澄湖大闸蟹，真是太美味了！"

如今已60岁的长良直规划在即将退休的5年时间里逐渐把工作经验传授给年轻一代，他也对退休后的生活充满期待。

长良直这样总结自己与苏州的缘分："我见证了这座城市的变迁，我也身体力行地为这座城市以及江苏的经济建设奉献出自己的经验。"

未来，这位日本"劳模"还将在苏州这座文化历史之城耕耘奋斗下去，继续前行。

阿根廷人在中国当起"洋劳模"

提到拉丁美洲,你能想到什么?

20多个小时的飞行时长,逾10个小时的时差,迥异的语言与历史文化……拉丁美洲与中国曾是彼此眼中遥远又神秘的地域。但随着"一带一路"倡议不断深入,以基础设施建设为重要内容的中拉经贸交往高速增长,人员、文化、旅游往来频繁。

来自阿根廷的斯蒂文是常州大学外国语学院西班牙语系的一名教师。除了当老师,斯蒂文还有一堆头衔,比如常州

新时代，我在中国

大学拉丁美洲研究中心副主任、中国—墨西哥维拉克鲁斯研究中心研究员、亚太经合组织墨西哥研究中心国际关系委员会成员、布宜诺斯艾利斯大学社会学系中阿研究中心外聘顾问、江苏省五一劳动荣誉奖章获得者、常州市荣誉市民等。

斯蒂文把家安在了中国，在中国的这些年，他成了一名拉中交流的使者，在拉中关系的多个领域中贡献着自己的力量。

谈及第一次与中国结缘，斯蒂文说："我5岁的时候，一个中国的杂技团到阿根廷演出，让我第一次知道了中国。"

28岁时，斯蒂文真正踏上了中国土地。这么多年过去了，他不仅到过中国的很多地方，也见证了中国各方面的迅猛发展。

斯蒂文常会感叹中国的发展变化之快。他以常州为例，"常州五年前还没有地铁，现在地铁开了两（条）线。我觉得在一些国家，这样的情况是很难想象的。"

此外，"一带一路"倡议极大地拉近了中国和拉美国家之间的距离，也带来了更多文化、经济等方面的交流合作。目前，已有22个拉美国家与中方签署了"一带一路"合作文件或谅解备忘录，其中，阿根廷、古巴、苏里南等国同中国签署了共同推进"一带一路"建设合作规划。

"我这几年写了一些关于'一带一路'（倡议）的文章，并出版了专著《走进一带一路》，这本书中关于拉中关系和'一带一路'的一些方面，让更多的拉丁美洲人了解中国和

'一带一路'（倡议）。"如今，斯蒂文已经习惯了在中国的生活，并且可以很方便地买到许多拉美的产品。

根据中国海关统计，2021年中拉贸易总额达4 515.9亿美元，同比增长41.1%，其中中方出口2 290.1亿美元，同比增长52%，中方进口2 225.8亿美元，同比增长31.4%。

在斯蒂文看来，拉美国家与中国在经济上有许多互补性，而经济互补需要文化协同。"跨文化交流是1+1>2的关系。"

斯蒂文说，这些年他最高兴的事，就是有越来越多的拉美朋友来到中国，他希望自己能为拉中交流建一艘"船"，载着更多的拉美朋友看看中国的发展，深入了解中国的文化。"相信他们与热情的中国人民交流后，会有自己的判断。"

埃及女孩艾小英：让更多人感受中国文学的魅力

今年 27 岁的艾小英（Mehad Mousa）来自埃及开罗，她已获得河南大学汉语语言学与应用语言学硕士学位，目前就读于西北大学，是该校文学院的一名博士生。同时，艾小英也在陕西省翻译协会担任海外理事，从事阿拉伯语翻译工作。

在校期间，艾小英便对中国文学产生了浓厚的兴趣，并开始钻研中国文学著作。"研究文学是一件很浪漫的事情，如同在体验另一个人的生活。"艾小英说。

谈起有关文学的一切，艾小英的眼里总会闪烁起孩童般的光芒。目前，艾小英已翻译完《贾平凹散文选》《中国传统文化习俗》等著作，她成为第一个将贾平凹作品带到阿拉伯世界的译者。

艾小英希望通过自己的翻译，让更多的外国人感受到中国文学的魅力。她认为翻译是传递信息的活动，是把一种语言文字的意义用另外一种语言文字表达出来的跨文化活动。"阿拉伯语是很美很浪漫的语言，所以用阿语呈现中国文学就会别有风味。"艾小英说，作为一名"词语摆渡人"，她常会在同一部作品里碰撞出两种阅读感受，获得更丰富的生命体验。

艾小英对中国传统文化、艺术很感兴趣，平日喜欢去博物馆与剧院。所学专业让其与中国皮影戏产生了不解之缘，她经常去参加各类非遗展会，与现场非遗皮影戏传承人交流学习。她认为，皮影戏的起源在中国，来到中国研究皮影戏，是件非常有意义的事情。

"秦腔的舞台不止在戏院里、电视里，更在田间地头里，在城墙边的公园里，在市井百姓的生活里，很多老人都能随口哼上两句。"参加非遗文化留学生体验营时，艾小英说，在西安学了秦腔的"官方"唱腔，以后可以向亲朋好友展示自己今天的所学，来一段更陕西的唱腔。

艾小英喜欢西安浓厚的历史文化氛围，她认为"这里每

新时代，我在中国

一个角落都有历史和文化"。西安有很多历史博物馆，她经常抽时间去参观，了解更多的中国历史。陕西历史博物馆、大雁塔、西安碑林博物馆给她的印象最深。陕西历史博物馆她去过两次，每次都有新的感受。她特别提到对陕西历史博物馆里面关于丝绸之路相关的展览，感触颇深。

作为一名"90后"，艾小英能说一口流利的汉语，她说这是因为她"真心喜欢中国，喜欢西安，用心学习与这里有关的一切"。艾小英闲暇时总喜欢走街串巷，每当她看到西安屹立的古城墙，就会想起自己的家乡开罗。她总说，西安让她感觉自己不是陌生人，不是外地人。

关于未来，她觉得无论是待在中国西安，还是回到自己的故乡开罗，感觉都是一样的，因为中国已经成为她的第二个故乡。

爱包饺子的巴西青年：想让祖父母也体验中国春节

29岁的巴西青年安安（Rian）来到西安已有2年，目前是当地一所幼儿园的全职英语教师。

作为闻名世界的历史名城，西安与罗马、雅典、开罗等古城齐名，是中华文明和中华民族重要发祥地之一、丝绸之路的起点。历史上，先后有13个王朝在此建都，也是中国六大古都中建都历史最长的一个。西安有2项6处遗产被列入《世界遗产名录》，秦始皇陵及兵马俑、大雁塔、小雁塔、唐长安城大明宫遗址、汉长安城未央宫遗址、兴教寺塔，均

新时代，我在中国

蜚声中外。另有西安城墙、钟鼓楼、华清池、终南山、大唐芙蓉园、陕西历史博物馆、碑林等景点。因此，不少人说，想要了解中国历史，就要来古城西安。

生活在这样一座古都中，中国与巴西迥异的文化氛围一开始带给安安巨大的冲击感。幸而不久后，这些差异便成为给予他源源不断的新鲜感与探索欲的动力。安安对中国传统文化的兴趣日益浓厚。

工作之余，安安不断尝试不同的汉服，拍摄视频，并分享到网上。"在体验中感受"是他深入了解中国文化的"途径"。同时，他也借此机会，向中国的朋友介绍了不少巴西的文化。

这并不是安安第一次来到中国。小时候，他曾来过中国两次，都是为了看望在中国工作的父母。他记得，第二次来中国时，恰逢元宵节，他和父母买了灯笼，像当地人那样，把寄托着美好寓意的灯笼点亮、挂起。那是他最初的春节印象，至今难忘。

也许是受到幼时美好回忆的驱动，长大后的安安来到了中国西安。提到印象最深刻的事，他表示，是和朋友们一起包饺子。

包饺子是安安最喜欢的"春节环节"，他和朋友们经常在一起包饺子。安安表示，包饺子"看着容易，做起来难"。

他看别人包的时候,感觉似乎很简单,只需要把馅"一放一捏",一个饺子就包好了。可是,当他自己上手操作的时候,他才发现,包饺子真的很难。"把肉放在一边,它就会从另一边漏出来,我不知道到底要怎么包,但我很爱吃饺子。"安安笑着说。

春联是另一个安安非常喜爱的"春节元素"。"走在街上,会看到有人用巨大的毛笔写书法,像艺术品一样,很漂亮。"安安觉得,看着满街红彤彤的灯笼,与春节相关的一切都美得恰到好处。

在中国,春节是与家人团聚的节日。安安看到很多中国的朋友在春节时不远千里赶回家和家人团聚。因此,他感受到了中国人心中的家庭观念,也被这种团圆的氛围感染。每到这样的时刻,安安就会想起远在巴西的祖父母。他希望能和他们团聚,和他们共度佳节。

爱拍电影的印度厨师：用美食交更多朋友

中国功夫博大精深、门派众多，引得无数外国友人为它着迷。很多外国人对中国功夫的喜爱，源于对李小龙的崇拜。来自印度的小伙德福，为了追寻这股神秘的东方文化，踏上了中国的土地，这一待就是18年。

初来乍到的德福后来发现并不是人人都会功夫，但他并没有选择离开中国。在深圳，他惊叹于中国的发展速度，这里到处充满机遇和挑战，他决心留在中国干一番事业。

从最基础的餐馆服务员做起，经过多年努力，德福一路升职到高级餐厅经理，如今在西安定居的他开设了 7 家属于自己的连锁印度餐厅，以美食为桥梁，搭建中印文化交流的平台。

"2012 年到中国七年后，（我）发现中印文化交流方面大家做得还不够，也没有这样的一个文化交流的餐厅。我们是做文化、交流文化，这就是一个文化交流餐厅。"德福说道。

"了解一个国家必须要了解这个国家的文化。了解中国，就一定要从陕西西安入手。这里是古都，文化底蕴丰厚。"说起中印文化交融，德福打开了话匣子。

作为丝绸之路起点、十三朝古都的西安，有着丰富的文化遗产和历史遗迹，其中闻名中外的大雁塔就和印度文化有着深厚渊源。唐代玄奘法师为供奉从印度带回的佛像、舍利和梵文经典，主持修建了这座塔，这里成为中印文化交流的一个中心。外国朋友到西安来玩，德福首推打卡的地方就是大雁塔。

除了中国文化，德福也醉心于中国美食。作为餐厅经营者，如何让印度菜口味满足中国人的胃，是他一直研究的课题。餐厅的每一道菜，都经德福亲自把关，他致力于呈现正宗印度美食，让印度美食走进中国。德福已在中国开了 7 家餐厅，生意一直不错。在他看来，取得这些成就并不是自己的能力有多强，而是中国的营商环境很好，政策优惠。

新时代，我在中国

长时间在中国生活，让德福直言自己是一个"老西安人"。他的两个孩子阿德福、阿尼在西安出生和成长。"我的孩子们完全是地道的西安人，还可以说很多陕西话，比如'嫽咋咧'。他们两个人交流的时候都是直接用陕西话。"德福非常满意西安的教育，孩子们目前在大雁塔小学读书，不少中国古诗词都能脱口而出。

在打理餐厅生意的同时，德福也没有忘记自己的"电影梦"。截至目前，德福已经拍了20多部电影和电视剧，在餐厅的墙壁上，挂满了他来中国后参演的影视作品照片。

未来，德福有一个梦想，那就是在老家印度开一家"长城"中国文化交流餐厅。"中印两国都有着伟大而悠久的历史，我希望能用这种形式推动中印文化交流，增进两国人民之间的友谊，让更多中国人了解印度，让更多印度人了解中国。"

巴基斯坦小伙金乐天:生活在中国有家的感觉

来自巴基斯坦的金乐天(Abdul Ghaffar Shar)目前在西北农林科技大学做博士后研究工作。小时候,金乐天在电视上经常能看到中国的电视剧,并逐渐喜欢上了这个神秘的东方古国,这也让他对中国十分向往。2014年,金乐天如愿来到陕西读硕士,学习土壤学。2018年硕士毕业后,金乐天选择继续留在中国读博士和进行博士后研究工作,领域是植物营养学。

9年的时间里,金乐天与他的老师、同学缔结了深厚的友谊。他回忆称,刚进实验室的时候,由于语言不通,专业基础薄弱,自己在学习上面临很大困难。

第一次和老师学习汉语的时候,金乐天觉得很头疼,甚至一度想放弃。但老师不断鼓励他,说"金乐天你不要担心,你慢慢学,多交朋友,一定会学得很好,我相信你"。这让他振作起来,重拾了自信。

第一次开组会的时候,老师和同学都热情地告诉他,"金乐天你需要什么帮助,有什么不会的就来问我们,我们会提供帮助。"他听后感动不已。

从那时起,金乐天深刻意识到中巴友谊并不只是一句口号,而是真正的民心相通、互帮互助。在老师和同学的帮助下,他接触到先进的教学方法和设施,与来自世界各地的优秀学生一起学习。他慢慢进入到科研状态,在自己热爱的研究领域发光发热。

由于专业方向是农业相关领域,金乐天会经常到当地的农村,深入到田间地头和老乡们交流。这几年里,他亲眼见证乡村振兴战略给中国乡村带来的巨大变化:乡村产业蓬勃发展,百姓居住环境的明显改善,农民的年收入也增加了。除了流利的普通话,他还学会了许多陕西方言,并经常用它和老乡们聊天。

在忙碌的实验与科研外,金乐天喜欢阅读书籍、打羽毛球、跑步。在"美食遍地走"的陕西，各种美味佳肴更是让他乐在其中。他特别喜欢杨凌蘸水面、火锅和包子。

在他看来，中国为像自己这样的留学生提供了宝贵机遇和广阔平台。这里不仅给予他学术上的培养，更让他感受到了家的温暖和归属感。

对于未来，金乐天说，他计划留在中国发展，希望能够为促进巴中两国之间的友谊和合作贡献自己的一份力量。他还希望能够吸引更多的巴基斯坦人来到中国，尤其是来到陕西，体验这里的文化和生活。他愿意成为中巴之间文化交流的桥梁，为两国人民的相互了解和友谊搭建平台。

白俄罗斯留学生夏澜：真实的中国不像课本上那样

来自白俄罗斯的夏澜精通五国语言，小时候想成为一名翻译官的她因为高中时一次偶然的机会，开启了对中国的探索之旅。

在中国留学的日子里，夏澜利用课余时间到中国各地旅行，在海内外社交网络分享她在中国的所见所闻。她说，希望世界各国的朋友们了解真实的中国。

夏澜在读高中时，一位老师说要开个培训班教中文，她觉得能免费学习一门语言是个不错的选择，而且同学们当时都认为她在学习语言上是有天赋的。

随着在培训班的深入学习，夏澜开始慢慢了解到中国文化，并对中国产生了浓厚的兴趣。

有趣的是，夏澜本以为课本上介绍的中国就是真实的中国。然而，来到中国之后，她才发现并非如此。语言与文化不仅仅只是书上介绍的那样，在现实中，还是会有着很多细微的不同。

"因为课本上讲到的一些，（比如）见到中国人就可以跟他聊茶文化或者京剧，然后我就认真了解这些话题。到了真正要跟中国人聊天的时候，我就开始跟他聊这些，然后慢慢发现其实并不是每个中国人（都）对茶文化感兴趣，并不是每个中国人（都）了解京剧。"夏澜说。

夏澜还分享了自己第一次与中国人聊天时的窘况。她说："比如在书上看到的，如果一个中国人想夸你的时候，你就要会（说）'哪里哪里'。当时第一次跟中国人聊天的时候，他夸我中文好，我就跟他说'哪里哪里'，他就说我这个聊天方式是从中国的古装电视剧学来的。我就觉得很奇怪，我明明是在书上学到的啊。"

俗话说，于细微处见真章。随着时间的推移，夏澜对中国文化与知识的积累不断增加，在上海待的 5 年时间里，她还去过中国许多城市，如北京、哈尔滨、洛阳、开封、郑州、南京、杭州等。

像很多中国年轻人一样，夏澜也爱在社交媒体上分享自己的生活日常，比如，参观一些展览或好吃的美食，又或是在中国遇到的一些有趣的事情。不仅在中国的社交媒体上分享，她也会通过海外社交媒体进行分享。夏澜希望，让世界各国的朋友们都能了解中国、了解中国文化，让他们摆脱对中国的刻板印象。

夏澜准备研究生毕业后留在上海工作，她说不仅仅因为上海是一座极具包容性的城市，更因为在上海的5年留学生活，让她已经习惯了这座和她祖国一样"不爱吃辣"的城市，习惯了申城的春天和秋天。

"我可能想做一个白中两国之间的文化交流吧。就像我说的那样，（我）真的希望成为两国之间的桥梁，然后让更多白俄罗斯的朋友了解中国的文化，也让中国人了解白俄罗斯这个国家。"夏澜说。

比利时人高悦：过中国年最重要的是大家在一起

来自比利时的高悦是一名音乐人，工作之余他还喜欢在社交平台上分享自己的日常生活，一口流利的上海话也让他吸引了不少粉丝的关注。

高悦在音乐方面有着出众的天赋，他擅长演奏吉他、贝斯和打鼓。在音乐之旅中，他发现了一个让他深深着迷的城市——上海。

从 2008 年 10 月高悦第一次受邀参加上海宝山文化艺术节，代表比利时来演出时，他就爱上了这座城市。"刚到上海

新时代，我在中国

的第一秒，就好像到了自己的家一样，也不太清楚为什么，但就是很喜欢这个地方。"高悦说道。所以回国后，他就想办法办理签证，回到这座他心中的"第二故乡"。

作为一个对中国文化有着浓厚兴趣的人，高悦曾长时间居住在石库门。他很喜欢石库门的文化，在这片古老而又充满历史风韵的街区，高悦最喜欢的事情就是和上海的爷爷奶奶、叔叔阿姨们聊聊天、说说话。当自己的朋友来到上海，高悦也会带他们去一些有特色的地方，让他们感受上海的历史文化和独特风情。武康路那边的梧桐树、老房子石库门等都是高悦热情推荐的地方。在这些古老的街区，他们一起领略着上海的风雅，感受着历史的沉淀。

对于中国春节的传统习俗，高悦有着非常浓厚的兴趣。在他看来，中国大年三十放鞭炮、大年初五迎财神、元宵节吃汤圆等传统习俗充满着独特的魅力。"春节期间，连续十几天都会有人放鞭炮，或者天天有人邀请你吃饭、送红包之类的，（我）觉得很有意思。"高悦对上海过年时的热闹氛围赞叹不已。

另外，他也发现，在这个特殊的时间段，上海的人流相对较少，这座平日里十分繁忙的城市变得宁静而祥和。对于喜欢安静的高悦而言，这是一种难得的享受。高悦很喜欢在这段时间，漫步在大街小巷里，感受安静的上海。

2023年的大年初一,高悦被朋友邀请去无锡过年。朋友特意准备了一大桌丰盛的菜肴,为迎合他的口味,还准备了一些西餐,包括牛排、薯条、羊排等,让他感到很温馨。高悦用"中西合璧"这个词语来形容这一桌子菜肴。

对高悦来说,过年最重要的就是与家人和朋友相聚,一起享受这个开心幸福的时刻。高悦感叹道:"在中国,可能一年见不到几次家人,但是等到了春节,所有人都想方设法要和家人团聚,这是一件很美好的事情。"

波兰工程师阿德里安：家庭是我留在上海的原因

看着一辆辆电车疾驰而过，阿德里安总是会想起他刚来中国时的日子。那时候他还是一个人生活，在这片尚不熟悉的土地上努力寻找着属于自己的生活方式。现如今，阿德里安不仅在中国找到了挚爱的伴侣，也以工程师的身份在上海扎下了根。这一切都离不开日益磅礴的电车大军。

2014年，在波兰完成机器自动化学业的阿德里安远涉万里来到天津，投身于生产线工作。工作几年后，阿德里安决定进入特斯拉上海超级工厂工作。已在中国生活多年的阿德里安对国内的电车市场颇为了解,他认为电车市场有着相当广阔的发展空间,"中国汽车品牌很多,同时还有政策扶持。"这些因素让他对工程师生涯充满期待。

事实上,特拉斯也确实在中国创造出了惊人的成绩:短短几年内,上海超级工厂就突破了百万辆产能,供应链本地化率已超 95%。作为工程师的阿德里安认为这既是艰巨的挑战,也是巨大的成功。"这意味着我们的团队一直积极协作,付出了巨大的努力。在日常生产中我们需要和不同的团队合作,需要采取不同的应对方法。"

主要负责 CAE 团队的阿德里安每天都会与经验丰富、技术过硬的工程师们交流、协作,这为他带来了许多宝贵的友谊,也让这个来自波兰的"沪漂"对中国文化有了更为深刻的理解。虽然团队成员的肤色、母语不尽相同,但他们却穿着同样的工作制服,每天朝着同样的目标共同努力,这让阿德里安体会到了强烈的归属感。

工作之外,阿德里安已经过上了"中国式"生活,这一点离不开他妻子的帮助。2016 年的一天,下班后在健身房锻炼的阿德里安遇到了自己的一生所爱。虽然两人的文化背景和生活习惯不同,但在共同的爱好之下,双方最终建立起了甜蜜、温馨的小家庭。

公园、外滩、咖啡馆……阿德里安和妻子一起游历了上

新时代，我在中国

海的许多地方，度过了许许多多个美好的日子。阿德里安说，未来如果有孩子的话，一定会让他留在上海，让汉语成为孩子的第一语言。"让孩子了解中国的文化与历史，当然也要了解欧洲的文化，这样就能熟悉父母双方的背景。"

小家庭、大家庭二者兼得，这是阿德里安留在上海的主要原因。"中国幅员辽阔，有许多企业，一直在高速发展。因此，优秀人才一定能够找到优质机会。"如今，阿德里安正在申请外国人永久居留证，希望能够作为"引进人才"，成为一名真正的上海人。

在中国的9年生活，阿德里安拥有了事业的丰收，也收获了美满的爱情。他相信，未来的幸福一定与道路上的电车一样，数量会越来越多，品质也会越来越好。

波兰小伙寻爱记：追着心中蝴蝶来到中国

将近 8 000 公里，这是波兰首都华沙到江苏溧阳的距离。追寻着心中的真爱，波兰小伙 Pawel 横跨欧亚大陆，在中国开启了人生新阶段。

第一次来中国前，Pawel 虽然很兴奋，"（但）我不知道会遇到什么样的人，不知道自己是否会喜欢这里的食物，也不知道要为旅行做何准备。"

但很快，当 Pawel 真正踏上中国这片土地时，这些疑虑就消散得一干二净——Pawel 被中国深深地吸引住了。

"这个国家,浩瀚、热闹、迷人,发展很快,真是令人惊叹。"Pawel 认为,中国有很多创新的解决方案是在世界其他国家看不到的,比如中国高铁和电子商务,这些都让他在创业的过程中受益匪浅。

在异国他乡的生活并不总是一帆风顺的,但对妻子的依恋给予了 Pawel 前进的动力。Pawel 与妻子的相识相恋要追溯到 2017 年,当时正在山西出差的 Pawel 在一场聚会上偶遇了他的真爱。"我相信每个人一开始都有这样的感觉,用波兰话讲'就像肚子里有蝴蝶在飞',心里非常紧张。"回想起与妻子相识当天的情景,Pawel 还是会心跳加速,嘴角不经意间流露出甜蜜的微笑。那一天改变了他的一生。

虽然彼时的 Pawel 还不会中文,但语言并没有成为两人沟通的障碍,微信、电话、信息……各种交流工具共同维系了这段跨国恋情。Pawel 回忆,相恋之初,几乎每个月他都要买机票飞到中国,哪怕只能停留一个星期,只为了见到心爱的恋人。"你很自立很坚强,对他人很好,每一天我都能发现一个新的你。这让我明白,我想找的那个人就是你。"这是 Pawel 对妻子说的情话。

结婚后,Pawel 和妻子在波兰生活了一年。出于事业上的考虑,夫妻二人在 2019 年 10 月回到中国。"我们还很年轻,应该努力工作,寻找更大的发展空间。一切都在正确的时间，出现在正确的地点。"在 Pawel 看来，溧阳是一个适合生活、工作的好地方：城市发展快，紧跟年轻人的步伐，而且政府对创业就业扶持力度很大。在中国，Pawel 担任波兰贝壳公司的工程经理兼中国营销代表，在外贸领域迈开步伐。虽然在这期间，他经历了岳父患病等风风雨雨，但在与妻子的共同努力下，这个小家庭最终迈进了幸福的大门。

在中国生活的几年里，自称是溧阳女婿的 Pawel 也培养了一门极富中国味的兴趣爱好：功夫。"我喜欢中国功夫的博大精深、刚柔并济，这里蕴藏着生活、工作、创业的智慧，让我从中汲取力量。"跟随溧阳史式八卦掌传承人程新师傅，Pawel 不仅在一招一式间体会到了他脚下这片土地的魅力，也将东西方的不同理念融会贯通，形成了属于自己的生活之道。

Pawel 追寻着心中的"蝴蝶"来到中国，中国的发展让他看到了很多机会，如今他正奔跑在理想的路上，做着让他开心、快乐的事。

德国人壳里思：我是上海人

上海，吸引了许多外国友人的注意，他们对上海现代化的建筑和繁华的街道印象深刻，同时也对上海的文化和历史着迷，他们可以在上海欣赏到传统的园林、寺庙和历史建筑，也能感受到传统与现代文化、艺术融合的一面。

上海的国际化也是外国友人喜欢的一方面。上海是中国的金融中心和商业枢纽，许多外国企业在此设有办事处或总部。外国人可以在上海找到许多国际餐厅、购物中心和娱乐场所，同时也能结识来自各个国家的朋友。

德国人壳里思（Christian Kuhna）在多个国家工作过，曾在戴姆勒、西门子、阿迪达斯等企业任职，2017 年搬到上海后，随即决定在此定居。目前，他是上海都市社会设计咨询公司的创始人兼首席执行官。

壳里思赞赏上海的城市规划、交通便利和先进的基础设施。他习惯乘坐地铁和高铁，认为地铁系统非常高效、便捷。在他看来，上海在城市治理方面是非常优秀的，比如，打造的 15 分钟社区生活圈。

另一方面，上海注重保留古韵，而不一概以"现代化"覆盖所有事物。壳里思享受在路边咖啡馆结识不同的朋友，和他们喝一杯、闲聊一下，下次可能又在街上碰到或在不同的咖啡馆偶遇，"我认识这里的大多数店主，这里就像一个大家庭。"

有人问他"家乡是哪里？"壳里思总会回答："上海。"对他而言，他内心深处认为自己就是个"上海人"。谈到家的概念，壳里思表示，家不是一个物理空间，而是一种感觉，一种人与人之间的联结。"我最好的朋友在这里，我的工作在这里，我热爱的东西在这里，我全身心投入到上海，上海是我的家，我打算留在这里度过余生。"

他喜欢上海多层次的文化和历史，认为上海是不同元素的混合体。在这座城市中，既有它的往昔，如那些像毛细血

新时代，我在中国

管般细小却充满了生机的弄堂以及浓缩了中国近代史的老城区，也有如电影中的未来城市一般摩天大楼林立的浦东，穿梭在楼宇之间四通八达的快速路高架桥。这种混合展示形式如此美丽，让这座城市变得独一无二。

壳里思常站在黄浦江边眺望夕阳，江上邮轮缓缓驶过，江对面一幢幢不同国家风格的西式建筑群勾勒出了一幅"万国建筑博览"画卷，再远处是钢筋混凝土的高楼大厦，展示着这座城市的不同层次。夜晚华灯初上之时，远远近近的灯火既讲述着旧上海滩如梦般繁华的往事，也诉说着当时的人们对未来的憧憬与希望。

壳里思认为，上海是一个开放的国际化大城市，充满了无限魅力。每个人都是上海的"新来者"，最后他们作为城市的一部分，成了"上海人"。

俄罗斯体操运动员奥克萨娜：
上海是我的第二故乡

俄罗斯人奥克萨娜(Krupikova Oksana)是上海BodyLab国际舞蹈中心的创始人。作为一名专业的艺术体操运动员，她曾获奖无数。

奥克萨娜对中国的最初印象，来自年幼时爷爷给她讲过的中国历史和故事。爷爷对中国的喜爱，在当时她的心里埋下了一颗种子，随着时间的流逝，这颗种子慢慢生根发芽，终于长成了参天大树。

长大后，奥克萨娜出于对舞蹈的热爱，选择到上海留

新时代，我在中国

学、创业，在中国培养年轻一代的舞蹈人才，帮助更多孩子圆他们的舞蹈梦想。

2016年，奥克萨娜在上海创办了第一家舞蹈学校。随着业务的拓展，如今，她已拥有了三家舞蹈学校。在创业的过程中，奥克萨娜得到了很多帮助。奥克萨娜说，她收获了许多中国朋友的支持，舞蹈中心所在的浦东新区花木街道也帮助了她很多。

创业6年来，奥克萨娜欣喜地发现中国家长对孩子体育运动的重视程度正在逐步提高。最初的时候，家长们认为应该把主要精力放在文化课上，而运动不是那么重要。但逐渐地，许多家长开始意识到体育运动可以促进孩子的全面发展，因此也愿意培养孩子对舞蹈的兴趣。奥克萨娜认为，体育运动除了可以给孩子们带来健康的体魄外，还能锤炼出坚忍不拔、精益求精的性格品质，让孩子们更加自信。

奥克萨娜的舞蹈学校提供丰富多样的舞蹈课程，包括芭蕾舞、现代舞、爵士舞、艺术体操等。学校注重学生的全面发展，不仅聚焦技巧的培养，还会培养学生的艺术修养和自信心。学校的教师团队由经验丰富的专业舞蹈教师组成，他们以严谨的教学态度和富有激情的教学方法，引导学生在舞蹈领域不断成长。除了舞蹈课程，奥克萨娜的舞蹈学校还定期举办各种演出和比赛，为学生提供展示才华的舞台。这些活动不仅能激发学生的学习兴趣,还能提升他们的表演能力与团队合作精神。

奥克萨娜生活中最大的爱好之一,就是课后到黄浦江边散散步。夕阳西下,晚风习习,在江边的步道上漫步,听着轮船的汽笛声,感受着上海这座城市傍晚时分的静谧。奥克萨娜很喜欢这一刻,在她眼里,十多年来,上海的变化非常大:高楼林立、马路宽阔、绿意盎然。"我的儿子出生在上海,现在已经8岁了,他也十分喜欢中国文化,目前正在学习中国武术。"

谈到未来,奥克萨娜说,她非常喜欢上海,将继续在上海发展,上海已经成为她的第二故乡。

法国教育家艾历克斯：让更多外国孩子爱上中国文化

法国人艾历克斯·拉姆伯德(Alex Rambaud)已经在西安生活了11年，他留在中国的原因很简单，"在这里，要做的事情太多，要学的东西太多，要去的地方太多。"

在西安生活的这些年，艾历克斯从一个对中国知之甚少的外乡人变成了远近闻名的"中国通"，这离不开他的"中国父母"。"他们将我带进他们的家庭，待我就像亲儿子一样。"新的家庭给予了远离父母的艾历克斯许久未曾感受到的温暖，他会与妻子、岳父母谈心、出游，春节期间一起包饺子、贴春联、走亲戚。这种亲友团聚、分享美食的节日活动，令远离家乡的艾历克斯也找到了归属感。

作为西安梁家滩国际学校的全校文化活动及宿舍总监，艾历克斯主要负责学校所有的课外活动与住宿项目。这所学校不仅有中国孩子，还能见到来自亚洲其他国家以及欧洲、非洲、南美洲的孩子们。艾历克斯就是这些孩子们的最好玩伴，他带领孩子们体验各式各样的课外活动，探索各种不同的兴趣爱好。这其中必不可少的便是中国传统文化活动。

走进西安梁家滩国际学校，你可以看到古典的城门模型，可以敲响数排精致的编钟，也可以参与传统节日的庆祝仪式。"对于我们的学生来说，学习和了解当地文化是极为重要的。对一个留学生来说，最遗憾的事情莫过于，在中国留学期间没有充分感知中国文化的博大精深，没有感受到中文这门语言的魅力。"艾历克斯将曾经自己在西安感悟到的一切传授给了孩子们，让更多外国孩子爱上了中国文化。

"西安是个神奇的地方，我几乎参观了这里所有的考古遗址。"这是艾历克斯的业余爱好，兵马俑、大雁塔、小雁塔、西安城墙……艾历克斯的脚步踏过了西安的许多地方，这座文化古城也为他提供了源源不断的创造灵感。

谈到西安饮食，艾历克斯的话语中满满的都是"自豪感"。"我喜欢向来自上海的中国朋友或来自欧洲的外国朋友介绍新颖美味的陕西美食。我有时会带他们去我喜欢的地方，给他们吃一些不熟悉的美食，通常他们都是很喜欢的。"他认为，自己已经是一个资深的"西安通"了。

除此以外，艾历克斯也去过中国的许多地方：九寨沟、张家界、大理、成都……这些经历让他发现中国是个充满惊喜的地方，"无论你走到哪里，都会发现新的食物、新的方言以及新的风俗，所以中国是一个真正多元化的国家。"

未来，艾历克斯希望能继续留在中国从事教育工作，发展国际教育，让更多外国孩子爱上中国文化，了解中国文化的独特魅力。

法国女婿菲利浦：让更多人了解中医文化

来自法国的菲利浦 (Philippe) 在西安已经生活了十余年。在他看来，西安充满了现代与时尚，同时拥有丰富的历史文化，是一座有魅力的城市。在这里，菲利浦收获了热爱的事业和美满的家庭。

菲利浦早前在西安留学，期间认识了现在的妻子。两人于 2013 年结婚，菲利浦因此成了一名"洋女婿"，并决定在当地生活。如今，菲利浦在西安一家皮肤医药博物馆工作，主要负责中医文化推广等。

新时代，我在中国

这间博物馆陈列着诸多中医药材，并有详尽的中英文药效介绍，菲利浦也常邀请外国友人们到那参观。"2019年，30多位法国中学生来到博物馆，听古筝、穿汉服，他们沉浸在'东方药香'和'中式文化'中，兴趣满满。"回忆起家乡孩童们与博物馆的故事，菲利浦至今仍印象深刻。

"我的祖父1935年就开始研究中医了，父亲从医多年，也保持着对中医治疗的学习与借鉴，对中医药文化的探索'基因'一直在我的家族中传承，我们一致认为中医药文化凝聚着许多古老的中国智慧。"菲利浦说，耳濡目染下，自己从小对中医很感兴趣，到中国留学也是为了更好地了解中医药文化。

谈及自己与妻子的缘分，菲利浦用"妙不可言"来形容，"她的父亲是一位中医，由于她的家庭背景，我可以更加深入地感受中医药的魅力。"两个医生世家的"奇缘"促进了思想的碰撞交流以及文化交流。自然而然地，他也希望向法国、向世界推广中医药和中国文化。

菲利浦见证了西安这座城市的发展与变迁。他表示，西安不只有古朴的一面，也有现代化大都市的一面。"我刚来西安时没有地铁，现在公共交通都很完善，机场也越来越国际化。"在他眼中，西安高楼林立、生活便捷，自己已融入当地生活中，西安也已成为他的"第二故乡"。

"中国有一句谚语,'在家靠父母,出门靠朋友'。"菲利浦说,自己在西安有很多中国朋友,"他们帮我学中文,了解中国文化,我们一起去吃饭唱歌、踢足球、打网球。我觉得如果没有他们,我不会在西安生活这么多年。"

"在中国有很多像我这样的外国人,切身了解中国后,(我正在)向世界介绍普及着真实的中国。"菲利浦表示,未来他将继续学习中医药专业知识,探索更多宣传中医药文化的方式,促进中医药文化的海外交流等活动开展,做中医药文化与国际交流的"使者"。

非洲小伙"文武双修":秦腔怡情以武会友

  站如松、坐如钟、行如风……武馆里的一位非洲小伙,招式之中显刚柔并济之美,动静之间展中国武术气韵。他名叫赛杜,来自西非国家——马里,现在是长安大学的一名留学生。

  赛杜与很多非洲孩子一样,看着李小龙、成龙等人的中国功夫电影长大。在马里上学时,赛杜曾在当地一家武馆接触过武术,并因此着迷。"当时的武术老师是马里人,虽然每天的锻炼令我对中国武术的认识逐渐清晰,但总觉得还是缺了点'中国味'。"

当得知在马里的孔子学院学中文，通过考试就可以到中国留学时，赛杜随即决定要来中国看看。他的努力终于有了回报，在通过中文等考试后，赛杜被推荐至位于陕西西安的长安大学学习。

中国的美食、文化令赛杜沉醉，但学习正宗的武术仍是他最大的心愿。"记得上小学的时候，周末社区经常播放露天电影，其中有很多是来自中国的'功夫片'，我和小伙伴们一边看一边模仿其中的武术动作。"赛杜谈起与中国武术"邂逅"的往事。

刚到西安时，汉语生涩的他就迫不及待要与中国功夫"亲密接触"。"我报了一个'正宗'的武术班，开始跟着中国的师父练习武术，一节课下来，我浑身酸痛。"赛杜直言，"原来真正的中国武术是这个样子。"

作为赛杜的教练，马超长期致力于中国武术文化的传播。在他的众多"洋弟子"中，赛杜令他印象深刻。"习武过程中，协调性、柔韧性往往是外国学生的'短板'。为此，赛杜训练时非常认真，尽管有时训练量较大，他也从不缺席，这是意志力的体现。"

赛杜从拳脚棍棒一招一式开始学起，凭借着热爱和努力，他的功夫突飞猛进，在多个级别的武术比赛中取得名次，圆了自己的"功夫梦"。

除了武术，赛杜还对陕西当地戏曲"秦腔"产生了浓厚的兴趣。他积极参加学校和当地的戏曲交流活动，不光观摩，还认真学唱，反复练习，乐在其中。"祖籍陕西韩城县，杏花村中有家园。"秦腔《三滴血》的经典唱词，赛杜已熟记于心，哼唱起来有板有眼，颇有"老陕"之韵。"唱秦腔的时候，我会给家人发穿着戏服的照片，让他们了解西安当地的文化。"

无论是练武术还是唱秦腔，赛杜的中国朋友越来越多，汉语也越来越娴熟。行走在西安的大街小巷，从大雁塔到钟鼓楼，从明城墙到碑林，赛杜觉得自己早已融入这座城市之中。赛杜称，自己毕业后如果能留在中国工作，那将是一件幸福的事情。"初来西安时，我觉得自己更像是一名游客。现在，我会说，我的未来或许就在眼前、就在这里。"

荷兰夫妇在青海找到了"真正的家"

安鹏、和平夫妇来自荷兰，1998年到中国青海定居。

1995年，安鹏、和平夫妇第一次来到中国，游览了四川成都和云南昆明，当地富有魅力的民族文化深深地吸引了他们。于是，他们开始学习中文，决心留在中国，而这一待就是20余年。

在青海省黄南州泽库县的时候，有人邀请两人去当地的村子里面看一看。当地的村民说生活条件不是很好，需要创收。了解到村子里的实际情况，安鹏、和平夫妇意识到，村民们需要一笔收入来改善生活。

授人以鱼不如授人以渔。安鹏、和平夫妇认为，比起直接向村民们提供物资，不如带领大家做一些新产品，以提升他们增加收入的能力。看到当地牧民用羊毛、牛绒做的手工制品十分有特色，但却很少有人注意到，于是他们想，如果教牧民们用羊毛、牛绒做一些针织产品，然后卖出去，那就是件很好的事情。

和平从小就很喜欢钩、织一些产品，她发现村民们在村子里有一定的织布基础，但并不知道可以通过织布获得一些什么。她认为，自己在这方面可以帮助牧民朋友，让他们学着做些具有藏式风格的手工艺品，以增加个人或家庭收入。

安鹏介绍称，村民们在制作这些藏式手工艺品时，都是在自己周边县城的家里制作，和平只需要每个月去村子里收一次货，并帮助他们介绍新的订单即可。和平说，每次村民都能挣到500元至1 000元，夏天生意比较好的月份甚至可以挣到2 000元至3 000元。他们也会通过青海的青洽会将产品推销给更多需要的人，这样就能更大程度地帮助到村民们。

为了有更好的发展，安鹏、和平夫妇还在自己的手工店里举办了一些体验活动，让大家更充分地了解村民们的手工艺品。

青海的美景和风土人情深深地吸引着他们,他们也尽力融入其中。安鹏、和平夫妇说,这里比荷兰的生活有意思,能够认识、帮助更多的人让他们十分开心。这里已经成为他们真正意义上的家,给他们带来了充实和满足。

随着青海旅游业的不断发展,越来越多的游客选择将民族特色手工艺品作为最佳的旅游纪念品买回去。安鹏、和平夫妇希望通过他们的努力,让更多的人能喜欢青海,了解青海藏区的手工艺品,爱上他们的"第二故乡"。

加拿大留学生约瑟：
拉面不仅是美食

　　黄河沿岸的化隆县被称作"拉面之乡"。一碗普普通通的拉面，成了青海省海东市化隆回族自治县的"致富经"。该县已将拉面产业发展至全国乃至世界多个国家。

　　来自加拿大的约瑟·丹尼尔·范德维尔德(Joseph Daniel Vandervelde)今年 26 岁，目前就读于青海民族大学，是该校语言教学论专业的研究生。自 2017 年来到青海，约瑟就非常喜欢当地的文化和美食，对大街小巷中各式各样的拉面产生了很大的兴趣。他一直期望能够聆听拉面背后的故事，做一碗拉面，来近距离感受拉面的魅力。

约瑟于是前往青海省海东市化隆县，探寻拉面的故事，感受当地的风土人情。

拉面是西北地区的当家主食，养育着一代又一代的高原儿女。通过面馆经营者韩晓峰的介绍，约瑟了解了化隆拉面的发展历程。20世纪80年代，化隆人在厦门开办了第一家拉面店，从此拉开了化隆人走南闯北开拉面店的序幕。之后，化隆人在长三角、珠三角、京津冀的拉面店遍地开花，闯出了一条由拉面产业带动当地农业、农村发展和农民增收致富的路子。

经过近40年时间，"化隆拉面"已成长为化隆县最大的"民生产业"，同时带动了当地文旅产业的发展，吸引着越来越多的人走进化隆、了解化隆。

在了解了化隆拉面的故事后，约瑟在拉面师傅的指导下自己做了一碗拉面。他一边津津有味地品尝着自己的手艺，一边迫不及待地打开手机，激动地和在国外的好友分享他在化隆做拉面的经历，以及体验到的当地风俗习惯和深厚文化底蕴。

"我给你看看我做的拉面！我自己做的，这太疯狂了！"

"这是你做的？"

"是我自己做的，它真的很好吃！它既有弹力又很柔软。"

约瑟激动地炫耀着自己做的拉面,并将拉面和当地其他美食一一向自己的好友介绍。

据韩晓峰介绍,目前化隆拉面店共有约 18 000 家,拉面从业人员约 11 万人,其中在省外经营 10 年以上的拉面店有 2 040 家,5 年以上的有 9 009 家。化隆拉面店覆盖全国 200 多个大中小城市,此外,化隆拉面店还开到了新加坡、马来西亚、俄罗斯等国家。

如今,化隆县约三分之一的人都在做"拉面产业",它已成为化隆县的支柱产业。

"今天我学到了很多知识,也吃到了很多美食,还吃到了化隆当地的拉面。"约瑟表示,拉面不仅仅在国内的发展很好,带动了化隆当地的经济发展,而且已经传到了国外。

约瑟笑着说,他很期待去国外的时候能尝到化隆的拉面,看看化隆拉面在国外是什么样的。

捷克人米乐：我属牛，南京有家的感觉

来自捷克共和国的外籍友人米乐·科雷沙，现在担任南京银行副行长一职。1992 年，19 岁的米乐·科雷沙第一次来到中国，就读于北京大学。1996 年，米乐·科雷沙在湖南找到了第一份工作，在与中国同事和朋友的接触中，他不仅中文学习进步显著，更进一步感悟到了博大精深的中国文化。

正是出于对中国文字和传统文化的热爱，米乐·科雷沙走访了中国多座城市，并不断与他的中国朋友们分享生活和工作方面的心得。

2017年,米乐·科雷沙来到江苏南京。2018年1月,他正式就职于南京银行,担任南京银行副行长。

南京银行成立于1996年2月8日,是一家具有独立法人资格的股份制上市商业银行,实行一级法人经营管理体制。南京银行先后于2001年、2005年引入国际金融公司和法国巴黎银行入股,在全国城商行中率先启动上市辅导程序并于2007年成功在主板上市。

在南京,米乐·科雷沙的工作十分繁忙,但是他总会利用空闲时光,去踢足球、听中国传统音乐,享受生活的乐趣。

"我很喜欢听中国古典音乐,我觉得它很完美,会让人安静地去思考很多问题。"米乐·科雷沙如是说。

他还表示,自己到南京之后发现了一个新的爱好——骑自行车。每逢周末的闲暇时间,他都会好好享受骑行的乐趣。"去年我骑了17 000公里,爬坡14万米。"说到自己的爱好,米乐·科雷沙总是眉飞色舞。

"不管从工作层面,还是生活层面,南京(都)给我留下了非常完美的印象。"米乐·科雷沙笑着说,南京是一座迷人的城市,有很多知名的景点,例如夫子庙、中山陵、玄武湖等,还有现代化的南京江北新区。这些景观让南京散发出历史与现代完美交融的独特魅力。

作为资深的金融人,米乐·科雷沙在说到专业时表示,南京作为江苏的省会,拥有巨大的发展空间,他非常看好南京未来的发展。

米乐·科雷沙说,按照中国人的传统说法,他的生肖属牛,他非常喜欢这个生肖,因为在这个生肖的特质中,可以看到"坚持"两个字,这是一个非常重要而且优秀的品质。

在中国的三十余年,米乐·科雷沙几乎走遍了大半个中国,但对于他来说,南京最有家的感觉,最有归属感。

想给朋友们送上哪些祝福?米乐·科雷沙说,他希望每一个奋斗的人都能健康快乐、万事如意。

金甲洙：在中国，为了我的热爱

金甲洙作为韩国男子手球队员，1988年出征汉城奥运会获得亚军，1990年获得北京亚运会冠军。随后，金甲洙选择退役，出任韩国国家女子手球队教练，1992年巴塞罗那奥运会韩国女子手球队问鼎冠军，这也让他成为"手球界"的金牌教练。

2002年，江苏女子手球队在常州成立，为了快速提高竞技水平，2004年，请来金甲洙担任主教练，备战来年的第十届全运会。他执教一年后，江苏女子手球队拿到了第十届全运会第6名的成绩，完成了参赛任务。随后，金甲洙出任国家女子手球队主教练，率队出征 2006 年在多哈举行的亚运会。在多哈亚运会上，中国女子手球队拿到了第 4 名的成绩。虽然取得这个成绩已属不易，但要求完美的金甲洙却并不满意。他自责没有取得更好的成绩，便主动请辞了主教练一职，返回韩国。

2014 年，江苏省体育局再次向他发出邀请，请他来执掌江苏女子手球队。彼时，江苏省常州手球训练基地已经成为全国唯一以培养专业手球人才为主要任务的专项训练基地。

"金甲洙几乎没有犹豫就欣然接受了邀请。"谈及当年的情景，金甲洙的中国好友、江苏女子手球队领队姚治前清晰地记得一个令他动容的细节。"在谈薪酬时，金甲洙说，'我们是朋友，我们一起做个约定，谁先开价格，对方就不能还价，否则伤感情。'但他执意让我先开口，当我开了价格，他二话没说就答应了，只附加了一个条件，每年要让他参加一次国际手联教练员培训班。"

自那一年至今，江苏女子手球队一路"开挂"，先后获得 7 次全国锦标赛冠军，2017 年获得第十三届全运会冠军。多年来，金甲洙为中国培养了赵佳芹、韦秋香、蓝小玲、乔如、金梦青等一大批优秀的女手运动员。

"在训练场上，从来都没见教练笑过。""在场上，他的脸总是板着，像钢板一样，而且他是个追求完美的人，我们都叫他'钢铁教练'。"谈到金甲洙教练，江苏女子手球队队员如是说。

"训练之外，我很喜欢了解和学习中国文化，通过文化我从另一个角度认识了中国。"体验过国家级非物质文化遗产常州留青竹刻之后，金甲洙对自己亲手制作的"福"字吊坠爱不释手，笑言："这个要送给我老婆，她会喜欢。"

"我住的地方20年前是乡村，10年前还是城郊，如今已成为繁华的主城区。"谈起在常州的生活，金甲洙说，"常州和我的家乡釜山非常像，很干净也很宜居。中国的高铁四通八达，我常常会与儿子坐高铁四处看看。"

在世界各地兜兜转转了一圈，金甲洙说，他最爱的还是中国。据金甲洙的中国好友姚治前介绍，金甲洙的妻子在韩国是一位体育舞蹈运动员。在韩国，她出去工作，比金甲洙的收入要高，但是为了支持金甲洙对手球的热爱，她选择放弃事业，照顾家庭。在同事和运动员眼里，金甲洙是个"合格得有些过分"的教练，这么多年，大多数时候都是妻子来中国看望金甲洙。

2019年，基于金甲洙在常州对中国体育作出的贡献，常州市人民政府为他颁发了"荣誉市民"奖章，这份荣誉让他更有归属感。"我回韩国（的时候），和我韩国的朋友开玩笑说，我是常州人。"金甲洙说，他的事业在中国，让他割舍不断的师徒情谊在中国，他希望他的手球执教生涯和余生也在中国度过。

克罗地亚退休夫妇在中国的"第二春"

维托米拉·隆查尔是来自克罗地亚的演员、制片人、博士生导师和作家,她创造了大约60个戏剧影视角色,制作了超80场戏剧演出。她的丈夫伊维萨·西米奇是演员和儿童剧导演。

原本已经在克罗地亚退休的夫妻二人,在中国又迎来了他们人生和事业的"第二春"。

2016年,维托米拉·隆查尔和伊维萨·西米奇收到中国多个城市的工作邀请,他们在中国各地畅游,领略中国的风

新时代，我在中国

土人情，了解中国文化，最终选择在西安定居，并在西安的一所高校授课。

西安是中华文明和中华民族重要发祥地之一，是丝绸之路的起点，历史上先后有13个王朝在此建都。这里是闻名世界的历史名城，与世界著名的罗马、雅典、开罗等古城齐名，也是中国六大古都中建都历史最长的一个。此外，西安拥有秦始皇陵、兵马俑、大雁塔、钟鼓楼、华清池等著名景点，以及饺子宴、秦镇凉皮、牛羊肉泡馍等特色美食。这一切都在吸引着这对来自克罗地亚的夫妇。

维托米拉·隆查尔在西安的生活充实而忙碌。她在学校教授跨文化沟通和项目管理课程，还开设了很多工作坊，并在自己亲自执导的戏剧中用中文进行表演。"我真的很享受在西安的每一天！"维托米拉讲到自己的生活状态时，脸上充满了喜悦。同时，充满活力和热情的维托米拉·隆查尔也被学生们亲切地称为"维塔奶奶"。

为了适应在西安生活，也为了在日常教学中更清晰地回答学生们提出的问题，维托米拉·隆查尔开始努力学习中文。她表示，学习汉语才能了解中国以及中国人的生活方式，才能真正融入当地的环境。她还期待，可以用自己的知识和技能来支持社会发展，表达自己对中国的敬意。

在中国，维托米拉·隆查尔热衷于公益事业，履行社会责任。例如，为帮助在和乳腺癌抗争中幸存的中国女性，维托米拉·隆查尔和她们一起画画，为她们筹款，还组织一些聚会以支持这一群体。她还每年在学校与学生一起开展10个新的社会责任项目，培养学生参与社会责任项目的能力。

"现在我是西安人。"维托米拉·隆查尔不无自豪地说。她还在国外一视频平台开通了"Vita's life in China"频道，分享在西安的日常有趣生活以及在中国各地的旅行日记等。随着她的镜头可以游览中国景点、地道美食，云端"品尝"街边"麻辣烫"等本地小馆。来自多个国家的网民都通过她的分享进一步了解了中国。

同时，维托米拉·隆查尔通过自己的努力将更多克罗地亚与中国的青年联系起来，建立沟通桥梁，不遗余力地宣传自己认知里的中国。未来，两人计划继续在西安生活，"探索"更多美好。此外，他们也将源源不断地从中国文化中"吸收能量"，并带着文化交流的使命再创作、再出发。

乐盖曦的春节愿望：希望更多外国人发现上海的美丽

在法国姑娘乐盖曦看来，上海的南京东路就像法国巴黎的香榭丽舍大道。兔年春节，这条繁华街道上游人如织、喜气洋洋。

乐盖曦来自法国西部一个只有5万多人的海边小城市，从初中三年级开始学中文，这一重要选择奠定了日后她与中国的缘分。

大学三年级的时候，乐盖曦来到复旦大学做交换生。刚到上海时，看到车水马龙、高楼大厦，原本并不喜欢大城市的她心想：先待几年，然后去中国的乡下生活。但后来在这里，她慢慢认识了很多好朋友、好邻居、好同事。现在的她说："上海就像我第二个家乡一样。"

本科学习结束后，乐盖曦继续读研究生，选择了旅游管理专业，在法国、中国两地学习。2019年毕业后，她留在了上海。一开始在一家法国人开的旅游公司工作，带着外国人骑行上海，后来因为某些原因，公司关闭了。"当时我想，如果我要继续在旅游行业找工作，短期内可能有些难；回法国，我也不想，所以我就选择了在上海创业试试。"乐盖曦说。

于是，她和朋友开始小规模地经营起一家公司，做的是她心心念念的历史、建筑与旅游行业。"特别喜欢带他们（游客）去一些比较小众的地方，比如说在复兴公园周边的南昌路，还有马当路，那边我们（可以）去看很多石库门房子，或者是一些在弄堂里藏得比较深的建筑，跟他们说那里的背景故事。"乐盖曦说，她特别喜欢上海的老建筑，自己现在就住在一所1925年建的石库门房子里。

乐盖曦对南京东路很熟悉，她经常到这一带活动。这次来，主要是散散步，跟朋友一起买点年货。"这个好像在上海，在南方，过年吃得比较多。我没尝过，买一个试试。"说完，乐盖曦拿起一盒八宝饭结账。过了一会，手中又多了一串糖葫芦,边吃边夸赞,"吃个糖葫芦就有过年的感觉了。"

"大白兔奶糖,兔年肯定是要买的。"走进大白兔奶糖专卖店,乐盖曦推荐起了一个石库门造型的小礼盒。每次有外国朋友来上海,她都会将其作为礼物送出,广受好评。

南京东路上熙熙攘攘,乐盖曦感叹道:"好多人啊!"接着又自问自答道:"你说人多不好吗?我觉得很好,这才是过年的感觉。"

乐盖曦说,上海有她想要的理想生活:比较自由,自己创业,可以安排自己的时间;经常旅游,出门走走;可以养些宠物,她现在有一条狗、三只猫;可以开车,她有中国驾照;结交了很多朋友,不会让父母担心她只身在外……

今年是乐盖曦在上海过的第六个春节,她选择跟东北朋友一起过年。朋友教她包饺子,擀皮捏皮有模有样。在中国,有在饺子中包硬币的习俗,谁吃到这枚硬币,谁在新的一年里会比较有福。饺子出锅,乐盖曦吃到了硬币,着实有些开心。

谈到春节愿望,乐盖曦说,希望有更多人来发现上海的美丽。

立志走遍中国的南非老师：用镜头传递最真实的中国

因为爱情以及对中国文化的痴迷，来自南非的杰克随妻子来到陕西西安定居。在从事教学工作之余，他和妻子开始在各地旅行，见证了中国翻天覆地的变化，并通过照片和视频向世界讲述最真实的中国故事。

2017年，杰克追随当时还是他未婚妻的李锦来到中国。杰克表示，当时是想离未婚妻的家人更近一些，这样能更多地了解她的家庭以及中国文化。

同时他们发现，在中国，他们未来的发展也会有更好的机遇,因为这里充满了商机。

如今,杰克在西安梁家滩国际学校教书,担任小学五年级的班主任,教授数学、科学、英语和社会研究。

工作之余,杰克还是一名博主,最大的爱好是旅行和拍摄 Vlog 短片。在中国,他经常会走上街头,用自己的镜头来捕捉普通中国人的日常生活细节。"我希望用照片和视频,来记录外国人眼中所看到的真实的中国。"杰克说。

一开始,杰克只是想向家人展示在中国的生活。但后来,随着粉丝越来越多,他们建议杰克展示更多关于中国的内容,帮助他们了解第一次来中国应该如何生活等。

杰克表示,妻子及她的家人非常支持他的事业。说到在中国拥有一个家庭,杰克说,他感到很幸福,"我妻子的妈妈甚至帮我取了一个中文名字,叫李博,夸我聪明有智慧。"

定居西安后,杰克被当地的美食彻底征服。他说自己很幸运,因为非常吃得惯中国菜。

聊起西安的美食,杰克如数家珍,肉夹馍、牛肉泡馍、biangbiang 面都获得了他的夸赞。"正如你所见,我都吃得发福了。"他微笑着表示。

回忆 2015 年第一次来到中国,杰克说,李锦带他去的第一个地方就是西安城墙,"它简直令人惊叹,非常宏伟且维护得非常好。"

杰克还感叹，在西安会发现很多历史和有趣的文化，西安是古代丝绸之路的起点，沿着丝绸之路，西安的文化传播出去，外来的文化也进入西安。他不禁联想到自己的老家，"和南非一样"，杰克说，"西安是一个融合了不同文化和历史的城市。"

在深入探访西安的名胜古迹后，杰克对于中国文化更加着迷，他和妻子便开始计划前往中国的其他城市，尝试通过自媒体平台，告诉更多的外国人一个真实的中国，一个友好、充满机遇又有着美好未来的国家。

"最近的一次是从福州到西安的公路旅行，全程2 500公里，夏天时我们刚完成了四川西部之旅。"杰克坦言，他想拍摄中国每个省份的旅游视频，"如果这一辈子能够实现这个目标，我一定会非常快乐。"

未来，杰克希望能够在短视频上投入更多精力，能走遍全中国，去不同的地方，遇见不同的人，用镜头将他们记录下来并传播出去。

林永义的苏州慢生活："理工男"亦有浪漫情怀

正所谓"上有天堂，下有苏杭"。对于来自马来西亚的林永义来说，苏州这座城市充满了诗意，它拥有独特的自然风光和人文面貌，小桥流水环绕着整个姑苏城，处处尽显江南水乡的浪漫色彩。林永义在2004年漂洋过海，开启了在中国苏州的工作与生活。

林永义的爷爷祖籍中国福建，后到马来西亚发展。小时候，林永义常听长辈们说起中国的故事，他对中国既陌生又好奇。"很多时候，我希望有机会能够到中国看一看，到中国发展。"林永义说。

叶落归根，林永义的爷爷是个有情怀的人，他希望有一天能够回到故乡。奈何他年事已高，行动不便，心愿无法实现。林永义回忆道，因为这件事，爷爷时常会落泪，所以希望孙子可以代他完成愿望。

"你是流着中国人的血""做人不能忘本"……爷爷简单的几句话，留在了林永义的脑海中。通过自己的不懈努力，在公司的安排下，他于2004年如愿来到中国工作。

来到苏州，爱上苏州，林永义称这段旅程让他感到欣慰。

他说，苏州这座城市让人有家的感觉，约上好友漫步在金鸡湖畔，享受周末好时光，远眺平静如镜的湖面，令人心旷神怡。"当你心情不好的时候，就到苏州的古城区，去享受这些小桥流水，可以让你的心情更加豁达。"

同时，苏州也是富有活力和现代化元素的。"它是非常包容的一个城市，让你很安心地在这里大胆地去发展。"林永义希望更多的年轻人来到苏州，在这里工作和生活。

2004年9月，中国的西安交通大学与英国的利物浦大学签订了协议，合作成立西交利物浦（国际）大学。2006年5月，大学正式成立，并落户江苏苏州。2007年，林永义申请加入西交利物浦大学，成了一名老师。目前，他担任学校智能工程学院院长，以及人工智能产业研究院院长。

谈及人工智能，林永义表示，"我觉得它是一种前沿的方向，更是一种探索未知领域的通道。"他认为，人工智能可能会创造更多机会给大家，但需要自身能力更强大，站在人工智能的肩膀上去操作这一切。

林永义认为理工科盛产"三高"专业人士，智慧高、情商高、颜值更高。"无论是在实验室里挑灯夜战，还是面对职场的纷繁复杂，我们同样可以崭露头角，收获希望。"

平时，林永义会利用空闲时光玩转新媒体直播，和朋友分享心得，传播正能量，分享好故事。

在林永义分享苏州点滴故事的最后，他提起了小时候最爱听母亲哼唱的《茉莉花》。说到兴奋处，他不由自主地用不太标准的中文唱起这首歌。"我觉得这首民歌很有韵味，它不仅赞美了多彩的生活，还让我们（能）积蓄能力，奔向遥远的未来。"

屡次减肥失败的土耳其小哥：
西安美食让我沉醉

"刚来到西安生活，我想着应该不会喜欢这里的饮食，还想趁这个机会减肥。结果，在羊肉泡馍这类美食的'诱惑'下，我长胖了20公斤。"来自土耳其的小哥何浩笑着说，曾以为很难习惯的风土人情，如今却让他无法割舍。

因对东方文化感兴趣，2014年，何浩来到中国西安求学，在陕西师范大学读汉语言文学专业。在这里，何浩不仅收获了体重、学业和爱情，也增添了一份对中国美食文化的理解。

新时代，我在中国

何浩的岳父张建基是当地一家餐饮老字号的负责人，在看到何浩对于羊肉泡馍的热爱后，他决定用自己多年的经验，给这位外国小伙好好上一课。

"我们家一直就是做餐饮的，何浩现在做了我的女婿，也喜欢咱们的饮食文化，他愿意学，我就愿意教。"张建基表示，自己多年的手艺得让何浩这样的年轻人传承下去。

要吃到一碗正宗的羊肉泡馍，得从掰馍开始。当地"饕客"动辄一两个小时的掰馍流程，曾让何浩感到费解。然而在接触到具体的美食制作后，何浩才渐渐明白了其中的一些门道。"羊肉泡馍掰馍必须小一点，太大了的话，肉汤吸不进去，所以味道不香。而且，你掰馍就不能玩手机。"何浩认为，这代表了西安人对美食的一种认真态度。

掰好馍，走进后厨，从切肉的部位，到配菜的多少、火候的拿捏，张建基都详细地为何浩讲解制作步骤和要点。在张建基看来，一碗羊肉泡馍承载着满满的饮食文化，马虎不得。

张建基说，在中国老一辈的思想中有些手艺不能外传，但对他而言，何浩虽然是外国人，但也是家里人。传统的美食，不仅要让他学会、学好，还要通过他传播出去，让更多外国人了解中国的饮食文化。

在这家羊肉泡馍店里，有不少土耳其的文化元素，如各种来自土耳其的特色摆件、卡帕多奇亚风格的灯饰和雕塑，这一切都向人们展示着两国文化的交融。

据了解，这些创意来源于翁婿俩的一拍即合。"我的舌头适应了中国美食的味道，我也习惯在这里生活，有了家庭，有了孩子，想土耳其的时候，我岳父说，让我在店里放一些土耳其的东西。"何浩称，这样的装修风格，可以让顾客了解两国不同的文化，同时也能缓解自己的思乡之情。

在与爱人结婚生子后，何浩觉得自己与中国更加难舍难分了。他坦言，西安已成了自己的第二故乡。为了更好地讲述中国、西安的故事，何浩还在社交媒体上专门开设了一个账号，向土耳其等国家的学生推介中国的名胜古迹、科普文化历史、教授中文词汇等。目前，他的课程已吸引了2 000余名学生。

麻将技术高超的洋女婿：
我是半个中国人了

"到谁了？"

"我！西风！"

麻将牌在桌面碰撞出清脆的响声，一桌四人兴致高昂，注意力完全集中于牌面上的风云变幻，其中一名金发外国小哥双手快速洗牌、码牌、摸牌、出牌，动作熟练，牌技高超，惹人注目。

他叫达利，来自北马其顿，他的父母和兄弟姐妹至今仍在那里生活。2016年，达利来到中国吉林省长春市并在这里定居下来。"我的妻子是中国人,我还有一个9岁的儿子,我很开心能够来到这里。"达利笑着说。

初来乍到的达利在中国找到的第一份工作是当一名英语老师,负责教孩子们学习英语。对达利而言,这是一份非常有趣的工作。但是同很多其他初次来到中国的外国人一样,达利也面临着一个难关,那就是语言问题。

"当时我很难听懂大家说的话,当然也没有办法进行有效的自我表达,让别人理解我说的话。"回忆刚来中国时的经历,达利感叹道。然而,即使遇到语言不通的难题,远道而来的达利还是受到了来自中国人的热情接待。"特别是我妻子的家人,他们非常喜欢我这个'洋女婿'。慢慢地我开始学习汉语,对我来说,汉语也没有那么难了。"达利说。

除了努力学习汉语外,达利还在中国遇到了很多让他喜欢的事物,比如美食,比如玩麻将。"在来到中国两三天之后,我的岳父岳母(就)教我怎么打麻将,我觉得很有趣,麻将成了我最喜欢的游戏,我很喜欢和中国朋友们一起玩。"达利说,玩麻将讲究运气,也必须掌握技巧,玩的过程中有赢有输,这都是可以接受的,他觉得麻将很好玩。

除了麻将外,另一个对达利有强大吸引力的莫过于中国春节了。2011年2月,他第一次来到中国,就正好赶上了中国的春节,沉浸在过节期间喜庆祥和的氛围之中,他立刻就喜欢上了这个节日，也喜欢上了中国人庆祝这个节日的方式。

"可以说，我已经是半个中国人了，像其他中国人一样，（在庆祝春节期间）我也会和他们做同样的事情，比如我会穿上象征着好运的红色衣服，我们还会给孩子准备过年红包，当然，必不可少的还有准备好最爱的饺子和包子。"达利一边展示着自己的大红色卫衣一边笑着说道。

每到春节，达利一家会安排一些中国传统的庆祝活动，比如用毛笔写"福"字、全家一起制作糖葫芦等。达利说，自己第一次来中国的时候就参观了首都北京，那里有很多名胜古迹，他曾去长城游览，长城的宏伟壮观、气势磅礴令他着迷，虽然当时游客很多，但他这辈子都不会忘记。

"我还很期待未来能去更多地方旅行，看看更多大好河山，学习中国更多富有历史底蕴的和有名的事物。"达利说道。

马来西亚厨师叶明勇：在上海过年好像在家一样

对于马来西亚人叶明勇来说，中国农历新年并不是一个陌生的事物。从幼时开始，他就曾在家乡与亲人们一起庆祝过这个节日。因此，多年后，当他初次在上海过春节时，那种类似的节日气氛使他感觉就像回到了家一样。虽然身处异国，但那浓浓的"年味儿"，切身感受之下其实没有太大差别。

叶明勇现在就职于上海的丽思卡尔顿酒店 Flair，是这里的大厨。2019 年，他第一次来到上海，正好赶上庆祝中国农历新年的时候，马来西亚是热带雨林气候，一年到头没有四季之分，初来乍到，叶明勇头一次感受到了寒冬的滋味。然而，在喜迎春节的热烈氛围面前，寒冷简直不堪一击。回忆着自己在上海过年的经历，叶明勇开心地说道："庆祝（活动）有舞龙、舞狮啊，还会派红包，遇到的人都会跟你说新年快乐、万事如意等等祝福语。我感觉在上海就好像在家一样，很熟悉，这种感觉蛮好、蛮舒服的。"

每到春节，叶明勇比以往都要忙碌许多，他就职的酒店入住率很高，人手非常紧张。"因为我们这儿是一个酒吧，平时不开放给小孩子的，只有在春节期间我们会开放下午茶，迎接一个家庭，还可以带小孩。"为了欢迎春节期间入住酒店的客人们，叶明勇特地设计了一个套餐，采用禅园的理念，把中国文化融入菜品当中。"套餐中有些甜品是用酒酿来制作的，设计出来的菜品也不像以往的下午茶一样用铁架（装饰），而是改为一个小盆栽的形式摆在你面前，就像意境一样的感觉。"叶明勇介绍道。

叶明勇说，春节虽然很忙碌，也很辛苦，但作为大厨，他一定会带领团队把事情做好，让客人们可以感受到制作食物过程中的用心。"只要客人对我们的食物露出很满意的笑容，（辛苦）都是值得的。"他笑着说。

工作上的忙碌让叶明勇无法回到父母身边过年，只能通过远程视频和家人在网上"云团聚"。叶明勇介绍称，在马来西亚,过年时人们通常都会跟家人聚在一起,吃上一桌热热闹闹的团圆饭,其中鱼、虾、肉是必不可少的。在马来西亚人眼中,每天都有鱼寓意是年年有余,虾寓意是哈哈大笑,这意味着团圆宴上的每一个人明年都会过得很开心。

在叶明勇看来,庆祝中国农历新年是所有中国人以及海外华侨华人最重要的传统习惯之一,"这个日子很重要,所以我女儿开始懂事的时候我就跟她说,这个日期一到,我们就要跟大家拜年。自己的风俗习惯一定要告诉小孩子,让他们传承下去。"叶明勇表示。

美国健身教练 Rose：愿和人们一起健康一起进步

　　来自美国的健身教练 Rose Cabbage 已经在中国青海生活了十几年。目前，她在青海西宁经营着自己的 CrossFit 健身工作室。

　　对于 Rose 来说，运动和健身是她最擅长的事。她从小就酷爱健身，几乎每天都在运动。2018 年，在经过深思熟虑后，Rose 决定将健身作为自己的事业，便开始创业，开启了一段漫长的"旅程"。

　　Rose 希望，可以通过自己的爱好与激情帮助他人收获更健康的生活，用她的实际行动推动健身行业的发展，让西宁变得更加美好。

Rose 认为，健身如今在中国已经成为一种"必需品"，人们通过健身来对抗疾病，将健身作为一种让自己变得更好的工具。大家已经不再单纯地从审美的角度去看待健身，而是把有效地保持健康的心态和强健的体魄，作为健身的首要目标。Rose 希望她能够尽自己的一份力量，来改变人们的生活及思维方式，继续让大家保持身体和心理的双重健康。

在 Rose 看来，当初选择做 CrossFit 的原因是中美两国有着相似的"社区文化"，人们十分注重团队精神，乐于结交新的朋友。而 CrossFit 就非常适合这样的文化环境，她希望以此营造一种轻松愉悦的健身氛围。从健身工作室成立开始，经过 Rose 和她的团队一步一步的努力，目前已经成长为一个拥有百余人的"大社区"，大家每天都会抽空在一起训练和交流，彼此共享快乐、共同成长。

Rose 生活在青海的十几年中，她感受到了青海的飞速发展，同时发现人们的消费观念和生活方式也在逐渐发生变化。在她看来，如今人们的选择更加多元，且仍然保持着轻松愉快的生活节奏。

近年来，随着全民健身国家战略深入实施，群众健身热情不断高涨，参与锻炼的人越来越多。Rose 坦言，这几年自己健身房取得成功的巨大因素是中国政府对于全民健身的重视,"这是一个完美的机遇"。

在 Rose 看来,中国政府将健身从一个年轻人的习惯变成了大众生活习惯的一部分,真正做到了将健康和健身作为大众的生活方式和优先事项,无论人们的收入和地位如何,都能享受到健身和健康的双重保障。就这方面而言,Rose 表示"非常感激"。

在西宁工作和生活多年,Rose 坦言:"我真的很喜欢西宁,西宁现在是我的家。"展望自己在中国的未来生活,Rose 说,仍然会与自己喜欢的健身行业息息相关。她不仅希望能够继续发展、壮大自己热衷的事业,同时也盼望着能和团队一起进步,一起成为更好的人。

"我们会在很长一段时间内证明我们会长期坚持,我们致力于帮助员工和客户成为更加优秀的人"。Rose 表示。

美国人布兰妮：中国人是我爱上中国的理由

美国姑娘布兰妮在中国生活工作已有3年之久，目前是一家国际学校的体育老师。回顾来到中国后的点点滴滴，她坦言，尽管来中国之前就做了很多准备，但是中国的风景和人，依旧给她带来了很大的惊喜。

如果问在中国生活工作的时光中印象最深刻的是什么，布兰妮会很肯定地回答——人。作为一位外国人，初来乍到的布兰妮人生地不熟，所面对的是种种未知因素。但在这片土地上，她遇到了很多非常棒的人。无论是同事，还是在运

新时代，我在中国

动中认识的伙伴或遇到的陌生人，他们友善、乐于助人的性格都给布兰妮留下了深刻的印象。"他们让我爱上了中国。"布兰妮笑着说，"我之所以如此热爱中国，是因为他们让我的生活丰富多彩。"

上海是一个充满活力和魅力的国际化大都市，多元文化在这片土地上碰撞、交融。在来中国之前，布兰妮对中国舞蹈的"最初印象"仅停留在传统舞蹈上。来到上海后，布兰妮感受到了"传统"以外的另一面。

奶奶们在马路边、广场上欢快地舞蹈，这样的场景曾令布兰妮"非常震撼"。喜欢跳舞的她还加入了奶奶们的队伍，和她们一起跳过几次舞，这让她感到非常开心。在中国生活的这几年，布兰妮还发现嘻哈舞、现代舞等舞种在中国的年轻人群体中也很受欢迎，"这样的舞蹈工作室到处都是，学员们来自各个年龄段，大家不仅（可以）在街上和奶奶、阿姨们一起跳舞，也会在舞蹈室里跳。"

上海这座城市的活力，还体现在它的运动氛围上。篮球、飞盘、美式橄榄球、足球……许多人在玩各式各样的运动项目，这样的运动氛围让布兰妮很惊讶，"无论技术水平如何，（我）都有很多机会参与其中，去认识很多不同的人。"

2022年的夏天，布兰妮和朋友们结伴到中国各地旅行。敦煌、成都、桂林、三亚……不同的风景、不同的人和不同的食物让布兰妮感到惊艳。旅途中，敦煌的景色给她留下了深刻印象。坐在高高的沙丘上远眺日落，布兰妮坦言那是她最喜欢的时刻。"我很感恩自己能来中国，能在中国各地旅行。"

那什么是她最喜欢的中国菜？布兰妮毫不犹疑地回答："饺子！"对喜欢尝试不同美食的布兰妮来说，在不同的地方吃不同口味、造型的饺子，是非常有趣的一件事。

此外，布兰妮还是一位"爱辣"的姑娘。在家乡得克萨斯州，布兰妮经常会吃墨西哥菜。来到中国之后，她立刻就爱上了川菜。对此，她笑着解释："任何可以尝到各种辛辣食物的日子，都会是美好的一天。"

美国人欧君廷：中国就是我的家

欧君廷曾是一名来华的美国留学生，如今的他是弗吉尼亚大学中国代表处首席代表。在中国工作的这些年，欧君廷奔走于中美山川大地，见证了两国的发展与交融。他是中美教育交流的亲历者、获益者，更是"引路人"和"推动力"。

在来中国之前，欧君廷曾阅读过《论语》等中国古代儒家经典，在他的最初印象中，中国是个非常浪漫与古典的国度。当他踏上中国的土地时，在他眼前所展现的，是一个现代化的国家，这让他有了不一样的感受。

在中国工作生活多年,欧君廷见证了中国日新月异的发展与进步,见证了上海的城市变迁。站在黄埔江边,远眺着上海标志性建筑——东方明珠塔,欧君廷回忆道:"这里以前只有几栋工业建筑,东方明珠塔(当时)还在建设中。"如今,一幢幢高楼在浦东、浦西拔地而起,地铁线路逐渐四通八达,人们的生活也更加便捷与舒适……

欧君廷感慨,中国如今取得了如此大的进步,是令人难以置信的。在他看来,中国的国际参与度在不断提高,国际影响力也在不断增强,"中国在全球舞台上有了一种新的责任感。"欧君廷说。

在谈及个人职业时,欧君廷认为,他的职业生涯是随着中国的发展而不断发展的,特别是中国学生对去美国留学的兴趣,以及美国人对来中国留学的兴趣。

"当我开始我的职业生涯时,我想我更感兴趣的是把中国和中国文化介绍给美国游客和美国学生(听)。"欧君廷表示。

在工作过程中,欧君廷发现,外国学生对中国感兴趣之处也在慢慢地发生转变,越来越多的外国学生对中国的兴趣从人文社科方面逐渐转到了商业经济上。不过,欧君廷也认为,如果外国朋友想要真正了解中国,就需要来这里亲眼看看,实地感悟,这是非常重要的。

在因缘际会下,欧君廷还成了一位上海女婿。他认为,

新时代，我在中国

中国传统文化对他的影响颇深，这尤其体现在他的家庭观念上。在工作之余，欧君廷会用很多时间来陪伴家人，比如，带女儿逛街、遛狗、运动……这几年，欧君廷还爱上了打乒乓球，"我认为这也是中国文化的一部分。"在欧君廷看来，自己的内心更像是一个中国人，他打趣地形容自己是"American Chinese"。

在欧君廷心中，中国早已经成为他的家，"我的家人在这里，我的工作在这里。在这里，我发展了我的事业，我喜欢这里的文化，这里的人，这里的美食，我喜欢乒乓球和太极等中国运动。中国就是我的家。"

美国人万福麟：中国让我拥有了新世纪的前排车票

美国人万福麟是上海交通大学安泰经济与管理学院的客座教授和企业全球化部主任。这些年他一直专注于研究中国特色创新之路。

万福麟去过中国很多省份和城市，这些年来，中国企业的自主创新能力给他留下了非常深的印象。

万福麟说，在中国的这段时间里，没有比中国企业不断提高的创新水平更令人印象深刻的事情了，人们提出的新想法、产品和服务，正在让中国成为全球的创新先驱。"中国企业不只是在中国创新，在世界舞台上也是如此。它们已经成了世界创新先锋。"

20年前，万福麟第一次来到中国。他说，当时的中国还处在发展的早期阶段。但从15年前开始，他发现一些变化正在悄然发生，"中国的企业开始从借鉴引用慢慢向自主创新转型。"

万福麟第一个注意到的领域是电子商务。他以淘宝为例，称赞淘宝更了解中国消费者对电子商务的需求，多元化的淘宝具有美好的前景，"我现在非常喜欢网上购物，淘宝就是最方便的几个平台之一。"他认为，淘宝正是通过创新成了电子商务的行业领袖，从中国走向了世界。

万福麟说，中国的电子商务应用在全球范围内都享有盛名，现在已经形成了自己的生态系统，满足居民生活需求，从选购、付款到配送只需要一个软件，非常方便。

万福麟还注意到中国智能手机的市场发展。他说，大概从7年前开始，中国本土手机品牌通过价格优势、创新应用软件、服务和物流，逐渐在中国国内占据了一定的市场份额。他说，现在中国国内智能手机销量前5名中，有4个是中国品牌，"这是非常了不起的事情。"

万福麟表示，在中国，电子商务和智能手机是一个强大的组合。通过硬件创新和应用创新，将智能手机和电子商务更好地结合。"世界上最大的市场就在这里，这是一个巨大的经济实力。"

万福麟还点赞中国电动汽车行业市场的发展。他了解到，中国是世界上最大的电动汽车市场，占据全球一半的电动汽车市场份额。中国拥有全球最优质的电动汽车制造生态系统。根据中国汽车工业协会统计显示，2022年中国新能源汽车持续爆发式增长，产销分别完成705.8万辆和688.7万辆，同比分别增长96.9%和93.4%，连续8年保持全球第一。

2021年，《哈佛商业评论》发表了一篇名为《中国的创新优势》的文章。万福麟说，越来越多的主要商业和经济杂志开始注意到中国多年来一直做的工作。

他把生活在中国比喻为，"我有一个新世纪的前排座位。"万福麟笑着说，"我已经拥有20年的车票了，我希望在未来很多年里都能（拥）有它。"

孟加拉国小伙林肯：在中国收获事业与家庭

来自孟加拉国的小伙林肯在西安生活十余年了，在他眼里，自己已经是"半个中国人"，或者说是"半个西安人"。这些年里，林肯不仅深深爱上了中国，也在此收获了事业和家庭。

2012年，林肯来到中国求学和发展。他从学校毕业后，曾回国工作了一段时间。林肯回忆，他当时在一家华人企业就职，那里的人待他很好，但随着时间的推移，他发现自己特别想回到中国。

"可能对中国有一种感情,或者说在中国待了4年之后就习惯了,(那里)各方面都特别好,所以就想回中国。"

林肯目前在西安从事自媒体行业。他坦言,来中国之前完全不了解中国,认为中国是个很神秘的地方,他还通过一些影视剧和餐厅的美食了解中国。来了以后,他发现跟自己想象的完全不一样。

时间久了,林肯更加想要在中国落脚,最主要的原因是,他在这里找到了自己的爱情。

2013年的一次朋友聚会,林肯结识了现在的妻子。两人于2019年结婚,林肯因而成了一名中国女婿。

林肯表示,由于他与妻子来自不同国家,所以彼此可能有很多地方需要磨合。他们不断地发现与探讨婚姻当中的一些新东西,让对方感觉到这里有一个家。

待在中国的时间长了,林肯感觉他融入了当地的生活中。在家庭和工作之余,他也非常热衷于公益事业。

在西安生活多年,林肯对当地的文化也有了深入的了解与认知。他表示,在西安他喜欢喝茶,因为他在老家也会喝茶,但是两地的喝茶文化完全不一样,这些不同之处让他学到了很多。

谈及茶道,林肯认为它融入了一些社交礼仪上的文化。"可能不来中国,我真的学不到这个东西。"他感慨道,通过茶道学到了一些新的理念。

站在西安城墙前,林肯侃侃而谈。他兴奋地介绍道,这是很多外地朋友包括外国朋友必打卡的地方,"我曾经有机会上去过一次,感觉很有历史感、文化感。"

林肯表示,每次与在孟加拉的家人交流,他都会介绍中国的历史与文化,包括分享给他们一些在中国的经验。对他的中国朋友,他也会介绍孟加拉国的文化。"等于我成为两国之间的一个(交流)桥梁。"

展望未来,林肯称,计划继续做好自己的自媒体事业。他还竖起大拇指,真诚地说出自己的心愿:"中国越来越好,西安越来越好!"

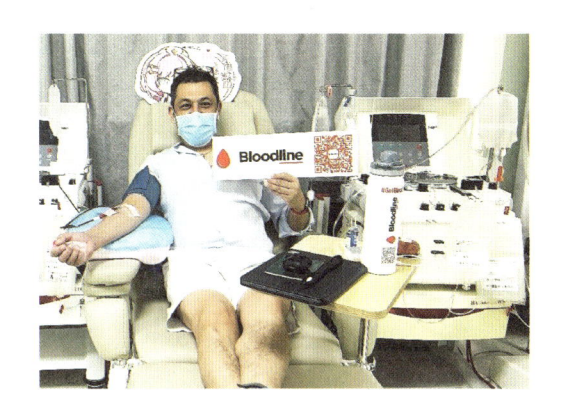

尼泊尔医生阿思势:我与上海有"血缘"

"握拳。"

"好的!"

在献血中心,他再一次坐上了采血椅。"我是来自尼泊尔的 Maskay 医生,今天我过来献血小板,今天可能是我献血的第 29 次或第 30 次了。"

阿思势(Ashish Maskay)出生于尼泊尔首都加德满都的一个医生家庭。长大后,他决定同父亲一样,成为一名医生。2003 年,在中国驻尼泊尔大使馆主办的公开评选中,阿思势脱颖而出，取得赴上海攻读硕士学位的机会。

Rh 阴性血非常少见，被称为"熊猫血"，该血型在外籍人士中占比相对较高。作为一名外科医生，阿思势深切了解到血液对于病人的重要性。因此，工作之余，他不仅积极参与无偿献血，还成为外籍人士的献血宣传员。

在上海市血液中心的指导下，由阿思势发起的外籍献血志愿者团队"Bloodline"诞生。"'Bloodline'有一个中文名字，我们叫它'血缘'"，阿思势在介绍"Bloodline"时自豪地说道，"这样的话我们可以让更多的中外朋友参加这个公益组织，一起做公益，做更好的事情，这是我留在上海的第一个目的。"

如今，"Bloodline"已经帮助过非常多 Rh 阴性血的中国患者。阿思势介绍称，现在除了上海，外籍献血志愿者团队"Bloodline"已覆盖了北京、南京、天津、厦门、广州等 14 个中国城市。

近年来，中国血液安全供应水平持续提升，在无偿献血率、血液供应总量、成分输血、质量控制等方面均走在世界前列。另一方面，献血的人群也开始逐渐年轻化。"现在，中国年轻人的献血观念和以前不一样了"，阿思势发出了这样的称赞。

从 2003 年算起，阿思势在中国上海已经生活了 20 多年。

站在东方明珠电视塔下,阿思势感慨称,"我来的时候,这里只有金茂大厦,看到上海发展变化这么快、这么热闹,我觉得很有意思。"

阿思势已深深爱上了上海这座充满"味道"的城市。在阿思势的眼里,上海就像一个火锅,让不同文化、不同国籍的人汇聚在一起,形成了一种独特的城市魅力。在这里,不管是中国人还是外国人,都可以努力去追寻自己的梦想。"充满各种各样的想法,各种各样的文化,我觉得上海就是这样。"谈到这里,阿思势开心地笑了。

2020年,阿思势荣获上海市旨在表彰和感谢杰出外籍人士为上海对外交往和城市发展所作出积极贡献的"白玉兰纪念奖"。而属于阿思势的公益之路,还将在上海持续下去。

热爱南京的老朋友罗宾：中国的未来一定很美好！

1982年，罗宾·彼得·腾森第一次来到中国。当时，他在北京语言学院（现为北京语言大学）学习中文，因为接触到了中文，罗宾也慢慢喜欢上了中国话。

机缘巧合，1983年，罗宾初次来到江苏南京，而这次南京之旅，也为他和南京这座城市的缘分开启了美妙序章。

时隔33年，罗宾在工作足迹踏遍全球，担任多家公司高管后再次来到南京。这一次，他带来的不只有好奇，更多的是期待与机遇。

如今的罗宾已习惯了在南京的生活，现任南京腾森国际技术转移中心 CEO。

腾森国际技术转移中心是一家专注于跨境技术和投资的创新公司。落户南京以来，中心帮助超过 100 家科技创新企业进入中国市场，并帮助高新开发区和中国地方科技园区吸引来自海外的国际项目和投资。常年深耕于南京的罗宾也入选了 2018 中国技术市场协会"金桥奖"，并荣获"2022 南京紫金友好使者"等众多荣誉称号。"希望越来越多的公司可以来到江苏，落户江苏，不断发掘江苏乃至长三角地区的发展机遇。"罗宾说，未来腾森国际技术转移中心将引进更多海外人才，助力南京创新生态建设与发展。

为什么会选择南京？罗宾解释称，南京是中国东部地区重要的中心城市、中国重要的科研教育基地和综合交通枢纽，享有"六朝古都、十朝都会"之称，被誉为"天下文枢""东南第一学"，在外国人眼中，南京已位列中国最具吸引力的城市之一。

在罗宾看来，南京拥有众多的发展新机遇，开放创新的营商环境让南京成为创业者的"天堂"。事实上，近年来，南京友好使者"朋友圈"不断扩大，来自各行各业的国际友人踊跃参加南京市举办的经贸、科技、人文等领域的国际合作交流活动，为促进南京城市开放发展、扩大中外友好交往、提升城市国际化形象贡献了积极力量。

罗宾说,他很喜欢"阅读"中国的历史。闲暇时间,他总会到图书馆,挑选一本中意的好书,品味中国文化的独特魅力。在他看来,南京是一座宜居、宜业的城市,有着便捷的交通体系、优美的生态环境。"我对南京比较熟悉,特别喜欢南京的风景,比如说栖霞山、紫荆山公园。"

罗宾相信,中国的未来拥有澎湃的动能和活力。他也希望在南京寻找和拥抱科技变革带来的更多机遇,感知南京江北新区卓越的发展步伐。

罗宾对南京、对长三角未来发展充满了期待。他相信,中国的未来一定很美好!

土耳其人阿乐：来中国是我做过的最正确的决定

"中不中？中中中中！"来自土耳其的阿乐能说一口流利的"河南味儿"普通话。

"我的土耳其名字叫Alp，它的拼音和'阿乐'（发音）有点像，所以朋友们都叫我'阿乐'。"阿乐自我介绍道。

2016年大学毕业后经过多方考量，阿乐选择来中国发展，那时的他就认为中国是一个有着无限未来的国家。如今，阿乐在上海经营着一家手工制作马赛克灯的小店。

为何对中国感兴趣？阿乐认为，中国和土耳其同属亚洲文化。"很多习俗对我有很深的影响。重视亲情、尊重亲戚，亲情是特别重要的一件事情。"阿乐说道。

因为工作原因，阿乐跑遍了中国很多地方。阿乐由衷赞叹并喜爱着中国深厚的历史文化。用阿乐的话说，他最喜欢的名胜古迹就是西安的兵马俑，以及北京的故宫和长城。对以李小龙为代表的中国功夫，阿乐也很是着迷。"去郑州（的时候），我必须去少林寺看看。"

"中国人真的比较温和，他们不爱生气，这是我特别喜欢的一点。"来中国以后，中国人内敛、温柔的性格给阿乐留下了深刻的印象，也对他的性格产生了很大的影响。谈及中国人友善的性格，阿乐认为这同中国独有的儒家文化有关。阿乐笑着说："土耳其人都知道孔子，他也是对我们很重要的一个人，很多人都觉得他拥有很大的智慧。"

除了中国的历史文化，对于喜欢的各地美食，阿乐也是如数家珍。比如，北京"脆脆的烤鸭"、四川"辣辣的火锅"、广东顺德的甜品等，都让阿乐着迷。"我刚来中国的时候（体重）不到200斤，现在都240斤了。"说到这里，阿乐不禁开怀大笑。

中国便捷的移动支付也给阿乐留下了深刻的印象。

阿乐表示，中国在移动支付领域已领先于其他国家，移动支付已渗透到日常生活的每一个方面。"在中国，手机是一个特别神奇的东西。通过移动支付能坐出租车,还能买东西。现在出门我都不需要随身带钱包。"

现在的阿乐在中国已经拥有了自己的事业和家庭,回想在中国这些年的生活经历,阿乐认为自己当初选对了。"中国是我最开始的选择,也是最正确的选择。"

"我在这里结婚生子,发展事业,今年我的小宝宝也出生了。"如今的阿乐已拿到永久居留证,未来属于他的幸福生活仍会出现在这片他热爱的中国土地上。

土库曼斯坦留学生王东：在中国唯一的撒拉族自治县探寻历史

土库曼斯坦与中国可谓渊源颇深。古丝绸之路的连接，使得中国盛产的茶叶、丝绸和瓷器传入土库曼斯坦，从而换回了宝贵的"汗血宝马"。而如今，在"西气东输"工程的连接下，土库曼斯坦丰富的天然气、石油资源又成了新时代的"汗血宝马"，源源不断地输送到中国。这些贸易往来的便利，两国人民都有所体会。但鲜为人知的是，我国的撒拉族与土库曼斯坦还有关联。来自土库曼斯坦的青海师范大学留学生王东（Nuryyev Toyguly）就前往中国唯一的撒拉族自治县——循化县，寻找土库曼斯坦与撒拉族的历史渊源。

撒拉族因自称"撒拉尔"，简称"撒拉"而得名。撒拉族生活在我国青藏高原边缘、祁连山支脉拉鸡山东段，目前主要聚居在青海省循化撒拉族自治县及其毗邻的化隆回族自治县甘都镇和甘肃省积石山保安族东乡族撒拉族自治县的一些乡村。撒拉族人主要从事农业，兼营畜牧，特别注重园艺，爱好狩猎，编织能力较强。

那么，撒拉族与土库曼斯坦的渊源是什么呢？撒拉尔文化研究者韩锦华向王东介绍称，传说，撒拉尔部落的首领尕勒莽率其部众，牵着骆驼、驮着《古兰经》向东迁徙，辗转到循化。奇妙的事发生了，在循化县，撒拉尔部落的骆驼丢失了，最终，人们在泉边发现了早已化为石像的骆驼。又见当地水草丰美，草场广袤，于是，撒拉尔部落的人选择在循化县繁衍生息。

如今，已过去了800多年，撒拉族人的生活习惯与习俗也发生了一些改变。王东发现，循化县当地的羊肉烹饪以及包包子的方式与土库曼斯坦相比有些不同。韩锦华对此解释道，循化县及其周边还有很多汉族人、藏族人以及回族人，800多年来，大家一起生活交往，早已在潜移默化中产生了交织与融合，而这些交织与融合正体现在生活的点点滴滴里。并且，撒拉族人来到循化后，为了适应当地的生活，骑在骆驼上的游牧民族生活习惯，慢慢也变成了农业与工业的生产生活方式。现如今，撒拉族人已昂首阔步进入到现代化社会，过上了幸福的生活。在适应与改变中生存的他们还不忘传承古老文化，以语言为例，撒拉语与土库曼语一样，均属于阿尔泰语系突厥语族。

"撒拉族人和土库曼人在文化上的渊源让中国和土库曼斯坦的关系变得更加紧密和友好。"在这次探访中，王东对撒拉族历史有了进一步了解，也对中国与土库曼斯坦的关系有了新的认识。

在历史的长河中，各民族都在发展中慢慢融合，如今，撒拉族成了中国与土库曼斯坦连接的桥梁，助力着中国与中亚的紧密合作，体现着互利共赢的积极效应。

西班牙钢琴家：喜欢中国年味儿，上海全世界最好

钢琴家马里奥·阿隆索来自西班牙，曾获15个国际国内钢琴比赛大奖。在2005年和2008年，鉴于其对西班牙钢琴音乐作出的突出贡献，马里奥两次获得马德里音乐青年奖。

马里奥过去30多年的人生一直在迁徙，他曾在荷兰、意大利求学，在英国、美国居住，去过的国家超过50个。2014年，马里奥第一次来中国演出。两年后，他开启了一次巡演，用30天跑完中国21座城市。"感觉每座城市都不一样，让我领略到中国之大、中国文化之多元。这让我想留下

新时代，我在中国

来，一点点探索博大的中国文化。"

2017年，马里奥选择定居上海，如今上海已经是他的另一个家。定居中国以来，马里奥受邀在北京、上海、广州、深圳等数十个城市的大剧院开展了一系列"乐赞中国"巡回音乐会，场场爆满，数以万计的观众沉浸在古典音乐的河流之中。

马里奥被誉为"最懂中国"的欧洲钢琴家之一，对中国古典名曲他如数家珍，"我感觉中国音乐里的水、风是很美的。"在众多中国音乐名曲中，民歌《茉莉花》和《浏阳河》是他的最爱。马里奥说，《茉莉花》是外国人最熟悉的中国名曲，每次在国外演出，他基本都会演奏这首作品。

马里奥也以导师的身份，辅导过数以千计的中国琴童，为他们音乐鉴赏与演奏技术的提升，给予了不遗余力的帮助。"很多人问我，学好钢琴最重要的因素是什么？我总回答：是热情，持之以恒的热情。你的热情，会引领你去往你没想象过的地方。"

马里奥空闲时间会和中国朋友一起品尝美食，从独自在海外求学开始，他就认识了不少中国同学。那时候大家聚会，今天去西班牙餐厅，明天去中国餐厅，渐渐地他就爱上了中国菜。马里奥不仅会做中国菜，还发明了素食版的麻婆豆腐，将云南菌菇切小，代替肉糜，别具风味。如今的马里奥养出了半个中国胃，对中国和西班牙两国的美食文化深有研究。

马里奥喜欢运动，常参加各地的马拉松，已完成了东京、首尔、温哥华、上海、杭州、无锡、重庆、千岛湖、青岛、南京、大鹏等20多场马拉松比赛。在他看来，弹琴、做饭、跑马拉松这三者是一致的，都很健康，都让人愉悦，都发自内心地热爱。

马里奥能讲一口流利的普通话，跟别人介绍自己时，他总说自己是"上海人"。在他心目中，上海"是全世界最好的城市，没有之一"。他喜欢上海，"在上海，虽然我是个外国人，但从来没感觉自己是外人。"

2023年春节是马里奥第6次在中国过年，他很喜欢这里的年味儿，比如烧香祈福、春联花灯这些中国的传统文化。2023年是兔年，他与朋友们在外滩约了一场18公里的"兔子跑"，来欢庆春节。

马里奥打算在这里，40岁、50岁、80岁，一直奔跑，一直演奏，将更多更好的音乐作品带给大家。

新加坡行政总厨谢觉贤：在中国，一切皆有可能

"我喜欢一直在厨房做菜，我不是一个办公室厨师，我喜欢和我的团队一起工作。"2019年，谢觉贤从新加坡来到上海，他已经在上海波特曼丽思卡尔顿酒店担任了3年的行政总厨。

在谢觉贤十五六岁的时候，一部中国武侠电视剧《风云》给年幼的他留下了深刻印象，尤其是影片中主人公的父辈在乐山大佛上比武的一场戏，让他对中国的壮丽山河和传统武术深深向往。

来到中国后,谢觉贤不仅热衷于"打卡"影视剧中知名的中国景区,还希望有机会能游历少林寺、峨眉山等曾出现在武侠小说里的旅游胜地。"它们一直在我的脑海里,当你真正站在那里时会被震撼到。"

提及上述地方时谢觉贤难掩激动澎湃的心情。不过说起学习中国功夫,幽默的他表示,他这个年纪可能会有点老,但这么多年的厨师生涯早已让他练就了一套"铁砂掌",比如端热的盘子、拿热的食物时具有超越常人的忍耐力。

上海作为中国的国际经济中心、金融中心、科创中心和开放高地,一直以来备受海内外青年群体的关注。来中国前,谢觉贤对上海充满好奇,如今他和妻子以及两岁半的儿子长期居住在上海。闲暇之余,他会早起去吃地道的上海早餐,逛菜市场购买最新鲜的水果蔬菜,带着儿子骑着单车穿梭在这座中西文化交融的城市里,也喜欢坐在外滩吹着黄浦江风享受当下幸福的时光。

便利的交通、便捷的支付方式、英文路引、浓浓的生活气息……他在无时无刻感受着这座城市的内涵。谢觉贤坦言,他刚来上海的时候非常震惊,出门购物不需要携带现金,刷刷手机即可电子支付,地铁乘坐也十分方便,"上海是一个大城市,它有很多历史建筑,但令人震惊的是它又是一个很现代的世界。"

作为酒店的行政主厨,谢觉贤十分热爱他的工作,可以从早晨6点工作到次日凌晨1点。他说:"如果你对工作充满热情的话,你根本不会去想时间。时间过得飞快,一天'咻'一下就过了。"说起做菜,谢觉贤滔滔不绝,他说自己更像一个西式厨师,比起简单做道菜,他更愿意把这个过程当成是把一些食材和烹饪方式进行融合。比如,"咖啡排骨"就是一道将上海人喜欢喝咖啡的口味习惯,与排骨烹饪进行融合而研发的独特菜式。

对一起工作的同事们,谢觉贤也十分珍惜与大家的友谊。打卡网红餐厅时,他会拍很多照片分享给团队的同事,激励他们创新,想想怎么能把食物做得更好。节日的时候大家会一起吃饭共同分享,过生日时互送贺卡表达感谢……他说:"我们不仅仅是厨师,我们是艺术家,这不仅仅是工作,(大家)是像家人一样一起做事!"

在谢觉贤看来,在中国一切皆有可能,"你只要想要做的,都可以做得到。"

新加坡人肖恩眼中的中国：日新月异

肖恩，是一名来自新加坡的"80后"。2008年，第一次来到中国观光旅游的他，和朋友在现场观看了北京奥运会开幕式。回忆起那时的场景，他用9个字形容"内心很震撼，太激动了"。

自那之后，一个想法在心中萌生，是不是应该留在中国继续发展？

肖恩说，小时候他常常听长辈们说关于中国的故事，令他印象深刻。肖恩的奶奶来自福建，在下南洋的时候，跟随

新时代，我在中国

爷爷留在新加坡生活和创业，父母也在新加坡出生。

后来，肖恩来到了中国。

谈及对中国的感受，肖恩说可以用4个字来形容：日新月异。在他看来，中国既有现代文明的发展动能，也有传统文化的典雅之美，"中国是一个非常不错的地方。"2016年10月11日，因机缘巧合，肖恩从上海来到南京这座城市发展，继续他的中国之旅，开始认识新的朋友。

建邺区地处南京市主城西南部，东依外秦淮河，西临长江，南到秦淮新河，北至汉中门大街，区域面积81.75平方公里，现辖6个街道（办事处）60多个社区。青奥社区是南京市首批国际社区试点之一，肖恩就在青奥社区工作，被聘为"国际居民网格员"，是个名副其实的"洋管家"。该国际社区拥有外籍居民160人，约占社区总人口的20%，分别来自新加坡、德国、新西兰、英国等十几个国家。作为一名企业高管，他在工作之余很多时候都在服务社区居民，"不管在哪里生活，我都希望以志愿者的身份参与到所在社区的治理中去。"在建邺区工作生活的几年间，他也见证了该区快速发展的过程。

"洋社工""洋网格员""洋志愿者"……这些听起来很陌生的"头衔"让肖恩感触颇多。他坦言，在这项工作中学习到了高效的服务理念。

近年来，随着中国对基层治理的高度重视，社区网格化管理得以普遍推广，越来越多的人纷纷加入网格员队伍中。肖恩认为，国际社区的管理理念是开放式的，多姿多彩、共同探索、挑战未知是国际社区应有的特点。"其实，许多在中国的外国人并不希望被称为外国人。"他解释称，外国朋友也希望与本地居民一样真正融入当地的生活中，被居民们当成家人。肖恩希望，未来国际社区的工作可以吸引更多的外籍人士参与进来，共建"美好家园"。

来中国已经15年，从当初的小伙变成了如今的大哥，肖恩说，年龄的增长改变不了他对工作的热爱。周末，他仍会到户外走走看看，去领略城市最美的风景线，感受现代化都市发展的脉搏，"我会把这段经历分享给家人和更多的外国人，（也）更希望（能）成为中外交流的桥梁与纽带。"

匈牙利人贝思文:在中国的每一天都是新的体验

"这是全球各地的一些钱币,这个展览目前在全国推广,名字叫'世界钱币上的中国元素'……"在一面满是各国钱币的屏幕前,贝思文一边展示内容,一边用流利的中文介绍着。

贝思文来自匈牙利布达佩斯,已经在中国生活了近20年,从最初学术交流时对中国的"匆匆一眼",到如今定居上海从事文化产业工作,贝思文始终对中国文化饱含热情。

2005年,还在读大学的贝思文第一次来到中国进行学术交流。回忆起当时的感受,贝思文表示,"虽然只来了一个月,但是给我(留下了)非常深刻的印象。"毕业后他选择定居中国,留在了上海。"上海到处都是摩天大厦,给我很兴奋的感觉,这里的节奏很快,工作会很忙,年轻人就应该在这里!"

由于父母都是收藏爱好者,所以贝思文从小就对文化、博物馆有着浓厚的兴趣。

2014年,为了让文物活起来,助力文物背后的故事"浮出水面",贝思文联合中外行业精英,成功研发了具有完全自主知识产权的专利技术——"魔墙"。如今,"魔墙"全球案例已超300个,在中国,已被超100个文化场所采用。"魔墙"把静态、被动的展陈方式转变成了主动交互,在呈现精美数字展品的同时,又带给观众沉浸式的互动体验。

电影《茜茜公主》的热映让"茜茜公主"名声远扬,并成为不少人记忆里的爱情典范。2017年,贝思文将"茜茜公主与匈牙利——17—19世纪的匈牙利贵族生活"大型展览从匈牙利引进至上海博物馆。这次展览,带来了152件来自匈牙利国家博物馆的藏品,从社会风貌、衣着服饰、日常生活、武器装备等方面,见微知著地展现匈牙利在17—19世纪的历史、文化和艺术风貌,带观众"穿越"回彼时的匈牙利,感受独特的匈牙利贵族生活。

贝思文从事匈牙利与中国之间的博物馆交流和文物数字

化工作已有 15 年了。据报道，2023 年 6 月 24 日至 12 月 31 日，由上海博物馆、徐州博物馆、成都文物考古研究院主办的"不朽的玉甲——汉代文物精品展"，在匈牙利塞格德莫拉·弗朗茨博物馆举行。3 家文博机构合作，共展出 100 多组（件）文物。通过汉代精品文物，反映汉代人的政治、生活，汉代人视死如生的生死观，中国博大精深的玉文化，文物上的汉字演变等。

"非常高兴，匈牙利的公众很快就有机会近距离感受中国的汉代艺术和厚重历史了。"5 月 30 日，在徐州博物馆完成 18 组（件）玉器文物的点交后，贝思文满怀期待地说。

贝思文说，自己曾听到有人说"你上辈子一定是个中国人"。他不觉得自己在中国的生活存在所谓的文化差异。对他来说，在中国的每一天都像是一场文化探索之旅。作为一名文化产业从业者，贝思文希望今后能促进更多中国与匈牙利之间的文化展览交流，把两国优秀的文化作品带给双方国家的人民。

亚美尼亚小提琴家马星星：在上海找到家的感觉

精致的五官、得体的礼服，她是舞台上闪闪发光的小提琴家。

亚美尼亚人马星星(Astrid Poghosyan)说着一口流利的普通话，本科、硕士均在上海音乐学院就读的她认为自己"长"在上海。"我长相是外国人，但是我的心是非常中国的。"

2009年，16岁的马星星第一次来到上海。从那之后，她的人生有了好多特别的第一次。

2017年，上海市人力资源和社会保障局、上海市外国专

新时代，我在中国

家局联合下发了《关于外籍高校毕业生来沪工作办理工作许可有关事项的通知》(沪人社规〔2017〕25号)(下称《来沪通知》)，实施更积极更开放更有效的海外人才引进政策，优秀外籍高校毕业生可直接来沪工作。乐团人事部门在帮助马星星申请工作证时，得知了这一好消息。

据了解，当时的申请者要满足的条件主要包括：在中国境内高校取得硕士及以上学位且毕业一年以内；学习成绩优秀，平均成绩不低于80分；从事的工作岗位与所学专业对口。递交材料时，马星星的申请表是第一份，不到2个月就顺利通过了审批。于是，她成了大家口中的"001号"《留学生在沪工作证》获得者。

此外，马星星还是上海音乐学院第一个亚美尼亚籍留学生、上海交响乐团第一个外籍行政工作人员。她曾用8个月苦学中文并通过HSK四级，曾在舞台上用音乐展现亚美尼亚风情，也会利用课余时间参加各项实践活动，尝试不同的人生体验……十几年来，她已经完全习惯了上海的生活，还时常被误认为是"本地人"。现在，她正努力学习上海话。

谈到上海，马星星表示，这十年来，上海的发展非常迅速，包括文化、经济、交通等，"我常跟朋友们说，中国的每一年就像国外的五年，因为这个变化速度非常不一样。从现金付款到如今的移动支付，在上海的生活非常方便。"

氤氲咖啡香里，藏着一张上海的世界级名片。马星星说，"很多人说咖啡是外国人的东西，但我在这里觉得好像中国人喝得比外国人多。跟2009年相比，（现在的）上海多了好多咖啡馆，这对喜欢喝咖啡的人来说是非常开心的一点。"除了爱喝咖啡，马星星还学到了中国的茶文化及饮食文化。她兴奋地回忆着自己第一次在中国过年的经历，"（那时）刚好有机会去了豫园，春节时候的豫园装饰得非常美丽，我还自己包小笼包，跟着豫园的大厨做各种各样的年夜饭，我学到了很多东西。"

谈到未来计划，马星星直言："我在中国十几年了，（我）不是选择留在中国，而是在这里长大。能找到家的感觉非常不容易，我希望能继续留在上海。"

洋歌手登"乡村春晚"舞台传递新春祝福

来自乌克兰的安娜是刚来上海不久的"洋歌手"。恰逢中国春节,朋友引荐她来到"乡村春晚"。

"乡村春晚"是春节期间群众自编自导、自演自赏的乡村文化舞台,也是新时代乡村文化发展的新风尚、乡村迎接春节的新年俗。

近年来,官方积极鼓励、引导和支持具备条件的农村举办"村晚",持续开展全国"村晚"示范展示活动,让根植于乡村、来源于群众的"村晚"通过网络联动,逐渐从区域的"小欢喜"发展成遍及全国的"大联欢",从乡村小舞台走向社会大舞台。

自 2017 年起,安娜所在的上海闵行区华漕镇已连续举办五届赵家村严家湾"村晚",每次都特邀"洋居民"们参加,让他们感受地道的中国年氛围。

11 个国际型小区,近 3 000 户外籍家庭,外籍人口近 6 000 人,涉及 76 个国家和地区……20 多年来,闵行区华漕镇已发展成为上海有代表性的国际社区。随着越来越多的境外人士选择来此工作生活,华漕镇在不断优化城区环境、提升社区品质的同时,还特别注重以富有深厚底蕴、特有魅力的中国传统文化活动,吸引"洋居民"走出家门、走进社区,在丰富多彩的活动中融入华漕、喜爱上海。

今年,华漕镇把"洋居民"从参与者变为了过年的主角。舞台上,安娜用歌声向村民传递快乐和祝福,一首《月亮代表我的心》、一首"*Easy on Me*"让村民们感受到了这位乌克兰女孩的甜美与力量。"我也是华漕居民,用歌声给大家拜年。"安娜用不太流利的中文说着和华漕的缘分,"今天的活动,我第一次参加,像朋友的大聚会一样,十分热闹。来到华漕,我就不想走了。"

当日,安娜在"乡村春晚"非遗市集上感受到了中国传统节日的魅力。她亲身参与体验传统手工技艺,欣赏民间音

新时代，我在中国

乐舞蹈表演，品尝传统美食。热闹的非遗市集吸引了大量游客和民众前来参观，看着这些游客，安娜开心地说，虽然第一次来上海，但是真的很喜欢这里（华漕镇），每个人都洋溢着笑脸，看着非常开心。他们就像家人，走在街上就像走在自己的城市、自己的家里一样，这种感觉真的很好。

刚来上海的安娜在一家酒吧工作，她说喜欢中国经典老歌。上海是中国最国际化的城市之一，拥有众多音乐场所、酒吧和音乐节，这些都是安娜展示才华和吸引新听众的好地方。

第一次在上海过春节的她计划到处走走，了解更多中国传统文化。她准备参观中国的历史风景名胜，"中国是一个大国，有很多不同的地方我都感兴趣。"

"我真的很喜欢上海，我爱上了这个地方，未来我想留在这里。"安娜说。

伊万娜眼中的南京是诗和远方

谈起"六朝古都""十朝都会"的南京,42岁的伊万娜眼睛里闪烁着光。据了解,她的孩子也能流畅地背出中国的古诗。

伊万娜(Ivana Davidovic)来自塞尔维亚,在中国南京已经生活和工作了12年。她言谈举止中,处处显露着在南京生活了十多年的痕迹。

伊万娜从小就对各国文化很感兴趣,尤其是对中国文化,她在高中时还曾报名参加学校的汉语班,向往着中国的生活。

新时代，我在中国

15岁时，伊万娜第一次来中国，26岁时第一次到南京……一次次的接触，让她对中国和中国文化从好奇转变成了热爱。2010年，伊万娜毅然从原单位辞职，带着丈夫和当时只有两岁的女儿来到南京大学求学，并在2016年拿到了语言学及应用语言学专业博士学位。在攻读博士学位期间，她曾为在华留学生开了《跨文化交流》这门课程，帮助国际学生更好地理解和欣赏中国文化。

2018年，伊万娜受聘于南京市第十三中学中美班担任教学主管。当时，中美班刚刚成立一年时间，课程设置等方面还不完善。她融合中外教育理念，因材施教，一方面补充"定制化"课程发掘学生潜能，培养必备的信息搜集整合、团队合作等能力；一方面组织社会实践活动，增加学生与外国人互动交流的机会。4年间，中美班得到了全校师生的认可。"师者，所以传道授业解惑也。"伊万娜说，教书是一份会让自己快乐的职业，非常有意义。她还说，中国的孩子们尊重老师、尊重教育，都很努力、积极，他们的创造力也很强。在个性化教育下，孩子们变得更加自信、阳光。

秉承着"做好中外文化交流的友好使者"信念，伊万娜还获得过南京市"城市国际化紫金友好使者"称号、"南京外教好故事"演讲比赛卓越奖等。

伊万娜说，南京是一座很漂亮、很舒服、能让人感受到快乐的城市，她不觉得自己是个"外地人"，并表示很幸运遇见这座城市。"明孝陵、栖霞山、玄武湖、夫子庙……"伊万娜一边细数着南京的名胜古迹，一边感叹：生活在这里，就会去了解南京的历史、文化，特别是传统文化。但同时，也可以享受很现代的生活，南京的山、水、城、林，都美得恰到好处。

2014年，伊万娜的小儿子亚历山大在南京出生。如今，在南京安家的伊万娜，心里更踏实了，一对子女纯正的普通话，经常让她"自叹不如"。在工作之余，她还参加各类公益活动。伊万娜说，如果要用一个词形容她在南京的生活，那就是"温暖"。提起南京人，伊万娜说她印象最深刻的记忆就是刚到南京时，陌生人为她领路，会一直把她送到目的地。她说，这是真正的热情，包容开放的南京会拥抱每一个人。

以色列创业者希望更多人来中国探索未来

"祝大家新年快乐,恭喜发财!"在中国以色列常州创新产业园,循着一缕咖啡香,我们可以看到一位穿着中国传统服饰的以色列创业者正用流利的中文和同事们拜年。他是 Ilan Maimon(依兰·迈蒙),在来中国前,依兰从未想过,自己会在中国待 20 多年,成为一名"中国通"。

2002 年,伊兰和家人一起来到中国,此后他们辗转上海、大连、深圳等地,最终定居常州。谈及对常州的看法,伊兰说:"我家住在西太湖附近,这里越来越美丽,我非常喜欢我在常州的家……"

回想自己的创业经历，伊兰感慨道："咖啡成就了我的创业梦。"当时，星巴克在国内刚刚起步，伊兰看到了咖啡在中国市场的广阔前景，于是便想抓住机会，创办一家商业咖啡研磨机工厂。

然而，创业之路并不轻松。虽然依兰很喜欢喝咖啡，但是他对咖啡研磨机的开发却知之甚少。一开始，依兰经历了许多挫折。为了更好地研发咖啡研磨机，他从美国、意大利等国买来了许多不同种类的咖啡研磨机，并对它们进行仔细研究。通过不断摸索，他终于了解了咖啡研磨机的工作原理，并且巧妙地将这些咖啡研磨机的优点进行整合，成功研发出了属于自己的咖啡研磨机。

一切准备就绪后，2005年底，依兰设计的第一台咖啡研磨机进入市场。此后，他的事业进入了快速发展期。2011年，在为工厂挑选新址的他，看到了常州的发展机遇，后决定将公司的新址定在常州。

在常州，伊兰创办了制造高端咖啡研磨机的公司Hey Café。

据了解，中国以色列常州创新产业园是一个以"争当中国以色列创新合作领航者"为定位的创新示范园。因此，在园区的帮助下，依兰的咖啡研磨机企业再一次得到发展。凭借过硬的品质、优惠的价格和良好的市场售后服务，它很快便占领了一定的市场份额。

随着依兰事业的不断拓展，再加上他对中国市场的了解，依兰在许多以色列创业者心中逐渐有了不一样的地位。一些以色列企业在进入中国市场时，都会寻求伊兰的意见。也正因为如此，伊兰又产生了创办一家专门的企业，专门为以色列企业开拓中国市场提供服务的想法。于是，2013年，依兰引入以色列的孵化器理念和模式，在中国以色列常州创新园内创立了一家以色列人运营和管理的孵化器——CI3。据了解，这家孵化器主要以快捷、安全、低成本的方式，协助海外中小企业在中国建立并逐步提高制造能力。

用一杯咖啡实现自己的创业梦，从一个人创业到带动一群人创业。依兰成功实现了从研磨咖啡到帮助更多以色列中小企业在中国创业的身份转变。谈及企业未来的发展，依兰说："我对中国的市场非常有信心，也希望能有更多的以色列创业者来到中国，探索与未来中国的合作。"

意大利人马巍：我是律师也是面包师

推开马巍开的面包店的门，一句"from sicily with love"首先映入眼帘。在马巍（Matteo）的家乡——意大利西西里岛，吃面包能给人带来快乐。白天是律所律师的他，晚上和周末变身为面包师，他希望能在异国他乡，继续给大家带来快乐。

马巍在上海工作生活了5年，他并没有系统地学过中文，只在来中国前每天进行2小时的中文学习。他表示自己的语法和发音还有很多不标准的地方。

新时代，我在中国

马巍的本职工作是一名律师，他笑着说，"律师是一份脑子很累的工作。天天那么累，我必须要找一个东西让我更开心。"于是，马巍想到了令自己放松的事情——做面包。

面包是西西里人文化的一部分，在西西里岛至少每天吃3次面包。马巍小时候就开始学怎么做面包，他仍然清楚记得，小时候去外婆家，一闻到面包的味道，他就感到十分开心。为了"放松自我"，工作之余，他在上海老城区开了2家面包店。

换上围裙，戴上帽子，化身面包师的马巍说着标准的"欢迎光临"来迎接客人们，而客人们都笑着回应他。马巍说，每当这时候他都能真切地感受到客人们开心的感觉，这也是他最喜欢中国的一个部分，人们特别友好，非常欢迎他人。

在上海的5年让马巍一改过去对中国的印象。来到中国前，马巍接触到的中国人都是商人，而当他真正踏上这片土地，他感受到了很大的差别。晚上的公园广场上有尽情跳舞的阿姨、通过手机就能买东西点外卖、有各式各样好玩的地方可以爬山、滑雪、游泳……"真的好方便！"马巍激动地感慨着在中国生活的便捷性，他也享受着会说中文后给自己生活带来的便利。

提起中国的美食，马巍的眼睛亮了起来。油条、包子、生煎、麻辣烫、麻辣香锅、珍珠奶茶……他对中国美食如数家珍。平日里，马巍还会通过美食与客人们、街坊邻里联络感情。他会送给大家一些饼干，请大家吃东西，也会和邻居们在面包店以外的地方享受美食，大家都成了好朋友。

马巍特别喜欢中国文化，其中最珍视的是中国文化中对于家庭的观念。他认为，这是非常重要的一件事，因为意大利人也同样很重视家庭。马巍说，意大利人常被称为"欧洲的中国人"，这也让他更加想要融入中国人中。

用 Vlog 记录中国年与中国故事的也门留学生

"我是默默,一名在中国的也门留学生,这里的美景、美食以及美好的人和事都是我爱上中国的理由。希望我的 Vlog 能够带大家探寻到更多精彩的中国故事。"这是默默在 Vlog 里的常用开场白,看过的人总能被他的热情和阳光所吸引,正如湖南味道带来的"热辣"。

在湖南求学的也门留学生默默,来到中国已经有 13 年,他的足迹几乎遍布中国各地。2022 年起,他开始拍摄 Vlog,记录、分享自己在湖南看过的山山水水,以及遇到的美好的人和事，而这一切的动力源于"湘韵风情"的独特魅力。

瓷器，英文名"china"，与"中国"同名，是中华文明展示的瑰宝，也是了解中国文化的重要窗口。作为一名资深的中国文化爱好者，默默打卡长沙铜官窑，感受"china"的魅力。在长沙铜官窑"泥人刘"陶艺馆，在第 4 代传人刘嘉豪的指导下，默默亲手制作了人生第一件陶瓷作品。

作为世界陶瓷釉下多彩发源地，长沙铜官窑凭借彩瓷技艺，开辟了陶瓷历史新纪元，成为唐代"海上陶瓷之路"的重要支点，鼎盛时期产品远销 29 个国家和地区。唐代出海的"黑石号"沉船，装载的 5.6 万余件长沙窑瓷器，是中国和阿拉伯地区进行直接贸易的最早考证和东西方文化交流、交融的见证。

在湖南，除了长沙铜官窑，蜚声中外的"中国银都"同样不能错过。在湖南郴州永兴县，不仅有一座用 5 万两白银打造的中国最大银楼，还衍生出了一系列白银产业，创造了一个零资源的工业旅游产业链奇迹。更值得一提的是，这里没有任何矿山，采用的是一套收集废弃物循环提炼的办法"盛产"白银。默默慕名来此，感受银楼壮观、体验银器制作，看"中国银都"是如何变废为宝的。同时，他也了解到，如今，永兴金银冶炼产业已成为当地最重要的支柱产业之一，带动了数万人就业。

新时代，我在中国

位于武陵山腹地的湖南湘西花垣县十八洞村，是中国"精准扶贫"理念的首倡地，也是乡村振兴的桥头堡，向世界展示了湖南乡村振兴的新成就。"精准扶贫"提出后，十八洞村通过开发优质资源，发展乡村种植、特色旅游，每天都有新的变化。在十八洞村，默默一路走一路拍，体验千年苗寨恬静、幸福的生活。在苗绣品展厅内，琳琅满目的苗绣服装、苗绣团扇、苗绣首饰等手工艺品，让他眼花缭乱。村民们热情地跟他分享着当地的变化，他不禁感慨道："看着他们幸福的生活，我想这就是乡村振兴的意义吧！"

如今的湖南是制造业大省、农业大省，也是众人眼中的"网红"省份，它正凭借兼容并蓄的"湖湘文化"享誉中外。

关于未来的计划，默默这样说："继续自己的打卡之旅，用 Vlog 记录更多的'大美湖南'、更多精彩的中国故事。"

用镜头展示大美青海的"巴铁小哥"

2017年,来自巴基斯坦的阿卜杜拉(Muhammad Abdullah)来到中国,进入青海民族大学学习汉语言文学专业。如今,他已顺利毕业。几年来,阿卜杜拉已习惯并深深喜欢上了在中国的生活。除青海外,他也去过中国许多城市,参观了历史遗迹、博物馆,也参加了不少的传统节日活动与文化活动,被中国文化的独特之处深深折服。

阿卜杜拉说,他很喜欢中国菜,最喜欢的就是阴天的时候,在青海湖边吃上一顿土火锅。火锅食材新鲜、分量足,一吃就爱上了。

生活中，阿卜杜拉最喜欢的就是摄影。在学习摄影的过程中，他获得了许多人的帮助。青海民族大学的老师还给他安排了专门的摄影课，手把手指导他如何操作相机，调整光圈、构图等。在拍摄过程中，如果遇到难题，他会去请教老师，并获得对方悉心的解答。同学和朋友们也常常对他的作品提出意见和建议，帮助他进一步提升摄影技术。

从一开始的慢慢摸索、学习，到现在已可以独立拍摄和制作视频，阿卜杜拉进步很快。为了和同样喜欢摄影的朋友们分享，他还饶有兴致地开通了个人抖音账号。在上面，他发布了一些自己拍摄的短视频，用镜头记录下青海美景和自己的生活点滴，并把这些故事讲述给自己在国外的朋友们听。镜头里的阿卜杜拉说着一口流利的青海方言，和其他留学生拍摄搞笑段子。有时候，他也会和其他留学生们一起聚餐，大家自己做饭，展现烹调能力，围坐在一起聊天和享受美食，吃烤肉、火锅，直至夜幕降临。

青海人民的热情好客让阿卜杜拉觉得非常温暖，当地人听说他是巴基斯坦留学生，就会更为热情地对待。他在打车的时候喜欢和司机聊天，当司机问他"兄弟你是哪里的？"时，他会自豪地说自己来自巴基斯坦，司机听后，通常都会很开心地说，"巴铁巴铁""中巴友谊万岁"等等。他经常会因为这些热情而不好意思,但同时,他也更加坚定地相信中巴友谊长存。

阿卜杜拉对中国的教育环境、文化多样性和社会发展非常满意。他认为这段留学经历不仅为他提供了优质的学习机会,还让他开阔眼界,增长见识,这也为他个人和职业的发展打下了坚实的基础。这是他人生中最为宝贵的一段经历,并将给他的未来带来无限的可能性。

越南琴匠：异国过年亦不缺知音

踏入阮延俊的工作室"南天坊"，丝丝缕缕的琴声不绝于耳，时而清脆，时而雄浑。武汉是"知音故里"，春秋战国时期俞伯牙抚琴遇"知音"钟子期的故事相传就发生在这里，而阮延俊的"知音"，便是古琴。

阮延俊来自越南广治省，是一名古琴演奏家、斫琴师。18年前，热爱中国文化的他来到华中师范大学学习中国古代文学，成为文学博士。毕业后，阮延俊留在武汉，传授古琴演奏和斫琴技艺。

古琴，又称瑶琴、玉琴、七弦琴，是中国传统拨弦乐器，已有3 000多年的历史，2003年被联合国列入世界文化遗产。

学好中国乐器绝非易事。起初，阮延俊一有空就泡在图书馆查阅古琴文献，从北宋《碧落子斫琴法》，到中国现存最早的琴曲专集《神奇秘谱》，一本本"啃"，一曲曲练。"许多古籍都是竖排繁体，晦涩难懂，我要花大功夫查资料、请教师长，以便了解其中的历史文化。"阮延俊说。

比读古籍更难的，是认琴谱。阮延俊家中有一面刻满字的墙，看似汉字，却非汉字。他介绍称，这是古琴减字谱，用汉字中某一字或偏旁减笔来表示弹奏的弦数、徽位、左右手指法，如勾、挑、抹等，是五线谱无法取代的。作为演奏者，必须将减字谱熟记于心。

"善琴者善斫。"斫琴，即制琴，学会了演奏，阮延俊开始自学斫琴。古琴制作皆沿古法，要经过涂生漆、刮灰胎、上弦调音等百余道工序，制作一床琴平均要耗时3年。

"槽腹是斫琴关键的一步，决定古琴的音质。"阮延俊一手按着古琴面板，一手拿着铲刀，顺着木纹反复将槽腹打磨至适宜的厚度。他时不时用食指叩击面板，侧耳倾听低音是否纯粹浑厚，高音是否清亮通透。

以琴为伴，亦以琴会友。阮延俊还记得多年前亲手制作的第一床古琴，那时还在上学的他囊中羞涩，只能在网上买便宜的材料制琴。当老板得知这位外国小伙痴迷中国乐器，便豪爽地将材料免费寄给他。如今，两人已成了无话不谈的"琴友"。

扎根中国18年，阮延俊踏遍了中国的名山大川，朋友遍及南北各地。他和自己的博士生导师戴建业不仅成了知音，更情同父子，经常打电话分享生活见闻、交流学习心得。

在阮延俊看来，自己和中国传统文化有着不解之缘。《六指琴魔》《英雄》等中国电影在越南播放时，他就对里面的古琴音乐十分痴迷。现如今，阮延俊醉心于做好古琴的传承，从开班教授古琴技艺到传授斫琴技术，他皆倾囊相授，以琴为载体传播中国传统文化。

阮延俊心中一直有个愿望，"音乐无国界，我计划在家乡建设一个以古琴为主的中国传统文化传播基地。"

在青海开餐厅的韩国人：亲眼见证中国十年来高速发展

李敏雨，一个来自韩国大田的年轻人，已经在中国青海生活了多年。他以韩国家常菜为基础，结合青海本地的味道，从零开始打造自己的餐饮事业。

李敏雨说，他做的菜都是小时候在韩国妈妈给他做的家常菜，他把这些菜带到了西宁，融合了西宁当地的一些味道，菜品很受大家欢迎。对此，他十分感谢西宁的老顾客。

如今，李敏雨在西宁经营着两家餐厅，成功地在当地餐饮业扎下了根。

新时代，我在中国

回想起刚来到中国的日子，李敏雨坦言，那时的他对中国的一切都感到新奇而又陌生。随着时间的推移，他逐渐融入其中，在青海生活的这些年里，亲眼见证了中国的飞速发展。

李敏雨以自己餐厅的订货为例。十年前，他进货很不方便，制作菜品时需要的韩国辣酱、大酱等调料只能从青岛或西安等城市进货，比较麻烦。现在西宁也出现了很多批发商，他们完全可以提供制作菜品时需要的韩国调料，不需要再从别的城市进货了。

时代的发展正是在这些细微之处体现。现在的李敏雨已经不再需要花费很多时间亲自去挑选食材，只要打开手机App，在手机上订购自己所需的食材和调料，一小时内这些东西就能送达。这种便捷的购物方式，让他十分惊叹。不仅如此，所需的运费相比过去大大下降，库存也有所改善，各方面的环境都让他很满意。

在青海生活的这些年，李敏雨觉得非常舒服。他认为，相比过去，西宁已经有了非常好的绿化成果，利民设施也落实了很多。现在的西宁非常宜居，他生活在这里非常舒服。

李敏雨热爱骑行，每天都会骑自行车上下班。早晨，他会从家出发，沿着公园和河边湿地的路径骑行，享受着清风与阳光。李敏雨说，在骑行的路程中，他觉得山上的树木越来越茂盛了。每逢休息日，他会带着朋友和孩子们一起骑行，探索城市的每一个角落，享受西宁的美好。这种绿色的生活方式，让他深深地爱上了这座城市。

如今，对于李敏雨而言，西宁已经不仅仅只是他餐厅的所在地，更是他的"第二个家"。在谈到自己的愿望时，李敏雨说，希望自己能够在青海再开一家店，在这里扩大自己的事业，同时向周围更多的韩国人讲述中国的发展与进步，让他们来到中国、喜欢中国、扎根中国。

李敏雨的故事不仅仅是他个人的成长历程，更是一幅中国与韩国文化交流的生动画卷。他以自己的努力与才能，在中国的土地上实现了自己的梦想，同时也为中韩两国的文化交流搭建了一座桥梁。

长沙"无声面包店"德国店长的新年计划

来自德国的何墨凯是长沙"无声面包店"的新任店长。热衷公益事业的何墨凯表示,自己的新年计划是希望店内所有的聋哑员工可以更好地发挥他们的潜力,学到新的技能。

在这家面包店,一半以上的员工是听障人士。何墨凯介绍称,"(我)和我爱人多年前就有做手工方面工作的想法,我爱人一直特别喜欢烘焙,当听到原店长吴正荣将离开中国,知道他们在这里帮助聋哑人这个信息以后,我们很感动,于是就跟他联系。"

多年来，这家面包店一直为听障人士提供免费烘焙培训和就业机会。2011年至今，原店长吴正荣及妻子共帮助近500名聋哑儿童接受语言康复训练，培训了20多名烘焙师。2022年5月，返乡的吴正荣将"无声面包店"交给何墨凯。

何墨凯介绍："现在店里基本还是以前的样子，几乎所有的员工都留了下来。我们希望继续招聘聋哑人，继续培训聋哑学徒。"

在中国5年多，何墨凯感慨道，中国的变化太大了。"我特别喜欢美的东西，我想象的中国新年，是在中国北方的一个老胡同，灰色的老墙，胡同里有几棵树，房门上贴着红色的对联，红色和灰色搭配在一起，特别美。"他兴奋地对记者说，"最近（我）在长沙骑自行车，也进了一些老巷子，一下子就看到了这样的场景，然后就很开心，我想象的春节在长沙也能找到。"

对未来有什么计划？何墨凯表示，"我希望我们所有的员工在店里可以更加发挥他们的潜力，学到新的技能。"他表示，"我们的员工是很有创造力的人，要给他们这个机会，自己研发一些新的产品，参与一些管理。看得出来，他们中的一些人完全有经营自己店的潜力。"

"未来我希望提高我们的培训质量，或许可以跟一些职业学校合作。"何墨凯说。

图书在版编目（CIP）数据

新时代，我在中国 / 中国新闻网编著 . -- 北京：中国人民大学出版社, 2024.11. -- ISBN 978-7-300-33286-4

Ⅰ . I253

中国国家版本馆 CIP 数据核字第 2024F5Z359 号

新时代，我在中国
中国新闻网　编著
Xinshidai, Wo Zai Zhongguo

出版发行	中国人民大学出版社		
社　　址	北京中关村大街31号	邮政编码	100080
电　　话	010-62511242（总编室）	010-62511770（质管部）	
	010-82501766（邮购部）	010-62514148（门市部）	
	010-62515195（发行公司）	010-62515275（盗版举报）	
网　　址	http: //www.crup.com.cn		
经　　销	新华书店		
印　　刷	天津中印联印务有限公司		
开　　本	890 mm × 1240 mm　1/32	版　次	2024年11月第1版
印　　张	7.875	印　次	2024年11月第1次印刷
字　　数	134 000	定　价	69.00元

版权所有　侵权必究　印装差错　负责调换